DOOR HET OOG VAN DE NAALD
Willem Joekes

よい旅を

ウィレム・ユーケス
長山さき 訳

新潮社

目　次

推薦のことば　カレル・ヴァン・ウォルフレン …… 4

まえがき …… 7

1　オランダ領東インド軍 …… 11

2　日本 …… 25

3　ジャワ島 …… 38

4　捕えられて …… 55

5　刑務所での日々 …… 78

6　女性抑留所と別れ …… 105

7　こだま …… 113

あとがき …… 122

訳者あとがき …… 130

DOOR HET OOG VAN DE NAALD

by

Willem Joekes

Originally published by Uitgeverij Aspekt, Soesterberg, The Netherlands

First Japanese edition published in 2014 by Shinchosha Company

Japanese translation rights arranged with

Uitgeverij Aspekt, Soesterberg, The Netherlands

through Tuttle-Mori Agency, Inc., Tokyo.

The translation of this book was funded by Dutch Foundation for Literature

(Nederlands Letterenfonds, www.letterenfonds.nl)

Nederlands letterenfonds
dutch foundation
for literature

Illustration by Takeo Chikatsu

Design by Shinchosha Book Design Division

よい旅を

推薦のことば

カレル・ヴァン・ウォルフレン

日本軍占領時代のオランダ領東インド（蘭印）における刑務所での体験をつづったユーケス氏の回想録は、三つの特徴があいまって、比類のない内容となっている。

まずは執筆スタイル。日本人に興味をもってもらえるだろうか、という問いとともに送られてきた原稿をわたしは一気に読み終えた。生まれながらのストーリーテラーであるユーケス氏は必要最小限の言葉で、出来事、世界のある場所、歴史の中のある時点について、読者の脳裏に情景の浮かび上がる見事な手法で描いている。体験自体は朗らかな内容ではないが、辛口でアイロニカルな視点で書かれた文章は、ときに読者の微笑みを誘う。

次に、語られる話自体が特別であること。転々と移送される刑務所でのサバイバル。精神・肉体両面で死の一歩手前まで追い詰められ、終戦の直前には未来について考えることなどまったく無意味に感じられるようになってしまう。一日に一〜二人、亡くなった囚人仲間を埋葬する作業をさせられたときには心が麻痺し、知り合いの遺体を見てもなにも感じなくなっていたという。だが蘭印人（オランダ人とインドネシア人の混血者）の若者の埋葬に例外的に許可された家族が花束を手に立ち会う姿を見て、自分が大切な命を葬っていたことに気づいたユーケス氏は、まだ涙が残っていたら泣き崩れていただろうというほどの深い悲しみに襲われる。

戦争体験を取り囲むように、戦前の独身時代の神戸での暮らしや、オランダへの帰還、スイスの療養所滞在についても語られている。神戸時代に日本語を覚えたことから蘭印では当初、通訳の仕事に就いていた。生き生きと描かれる神戸での暮らしは嵐の前の静けさのように、ノスタルジックな陽気さをたたえている。戦後、快復するための十分な時間と看護を得ることのできたユーケス氏は、他の多くの帰還者と異なり、悲劇的な体験を克服し、その後の人生を自らにあたえられた天恵、豊かさ、と捉えることができた。

三番目の特筆すべき点は文章の端々に著者の寛大な心がうかがわれること。自己憐憫にとらわれることも、恨みを綴ることもない。日本兵の蛮行についての記述はあるが、本書の中では個人レベルでの悪と、戦時中の日本兵が占領国の官僚主義的組織としての軍に仕えざるをえなかったことは分け隔てて考えられており、中には寛大で人間的な日本人がいたことにも言及されている。著者はかつての自国の植民地で日本人に受けた行為が忘れられず、日本に関わるすべてのものを忌み嫌うオランダ人とは一線を引いている。

九十五歳で七十年前の体験を本にまとめるということは、多くの事柄が抜け落ちた記憶に頼らざるをえないということである。この浸食を経て残るのは一見、ささいな、記憶に値しないと思われる物事であることが多い。だが本書を読めばわかるように、その一見なにげないが実は特別な事柄こそ、印象深いイメージ——悲劇の、友情の、そして奇跡の生還の鮮やかなイメージ——を読者に与える力をもつものなのだ。

アムステルダム大学名誉教授
元NRCハンデルスブラット紙
日本特派員

まえがき

本書は一九四二～四五年のオランダ領東インドにおける日本軍の囚人としてのわたしの体験を、戦前の一九三七年五月初旬から一九三九年末まで滞在した日本での体験とともにまとめたものである。もっと早くに書けなかったことを遺憾に思う。わたしの記憶は同じ体験をしたオランダ人の役に立ったであろうに、残念ながら彼らはみなこの世を去ってしまった。ようやく書きはじめられたのは退職してからのことだ。日時や出来事など、事実の確認はいまから十年以上も前にはじめた。わたしの日本人に対する感情は、戦後七十年近く変わらなかった。他のオランダ人の日本人に対する感情は、幸いなことによい方向に変わった。

一九三〇年代には、日本はまだ遥か彼方にあるミステリアスな国だった。交通手段は船のみで、到着まで二〜三週間は要した。いまでは一日もかからずに行きつけるし、メディアをとおして日本のニュースを日々知ることもできる。観光に訪れる者も多い。日本車もいまでは欧州車とおなじように普及している。

オランダ領東インドはわたしにとっては身近な場所だった。両親が一九一二年から一八年までそこに暮らしており、わたしは一九一六年に中部ジャワ州の州都スマランで生まれた。当時のことはなにも覚えていない。多くのモノクロ写真が、当時、ヨーロッパ系の一家がどのような暮らしをしていたか——ジャワ人の運転手付きのクラシックカーを乗り回すなど——を物語る。祖父はライデン大学法学部を卒業後、オランダ領東インドの内務部に勤務し、最後には西スマトラ長官を務めた。熱帯での名誉ある職だったが、年金はわずかだった。

中高年で日本軍占領を体験した、いまは亡きオランダ人にとっては、本書の趣旨は受け入れがたいものであったにちがいない。快復し、新たなスタートを切ることが不可能だった彼らには、自らの運命および敵の存在と折り合いをつけることはできなかった。日本軍占領時代に命を落とした者の遺族は、わたしの体験の肯定的な部分について聞く耳をもつのはむずかしいだろう。罪もなく多くのつらい体験をさせられた女性たちや母親からその話を聞かされた者にとっては、とりわけそうかもしれない。

ではなぜいまさら本書を書く必要があったのか？　わたしが日本軍の囚人として経験した多

くの奇妙で興味深い体験は、やはり記録して残しておく価値があると思ったからだ。斬首や忘れようにも忘れられない拷問といった、残虐な行為を見たり体験したりせずに済んだのは幸いだった。しかし、たとえそうした体験があったとしても、日本人に対するわたしの見解には影響を与えなかったはずだ（トラウマを克服する能力に長けていることに大いに依るが）。

原稿を読み、意見を述べてくれたカレル・ヴァン・ウォルフレン氏とアンドレ・スポール氏に感謝する。彼らの意見を参考にいくらか加筆し、より納得のいく内容に仕上げることができた。

1　オランダ領東インド軍

一九四二年の二月末、晴れてはいるが暑すぎはせず、ジープでスラバヤを駆け抜けるには気持ちのいい気候だった。オランダ領東インド軍（ＫＮＩＬ）の予備役少尉だったわたしは、一九四一年十二月七日の日本軍による真珠湾奇襲攻撃に対応する全軍総動員により、翌十二月八日に召集されていた。

スラバヤをジープで走っているのは行楽のためではなかった。三つの砲兵中隊から成る縦列の先頭を切って運転するわたしの横には徴集兵が座り、フロントフェンダーの左には青い小さな旗が翻っていた。それぞれの砲兵隊は、口径七〇ミリの野砲を四台、小型トラックにつないで運んでいた。この第一野戦砲兵隊の司令官ステンガー陸軍少佐は、特殊部隊の軍用車、輜重車、ハーレーダビッドソンやジープに乗った数人の士官とともに別ルートを進んでいた。トゥバン一帯の偵察に行った歩兵部隊の司令官たちや東ジャワの本部と連絡を取るのが彼の任務だった。我々は仮駐屯所であるスラバヤ南部の砂糖工場から西に向かい、ジャワ島北岸のトゥバンを目指していた。わたしが先頭を務めていたのは道を熟知していたためだ。一月半ば、ステンガー少佐から、日本軍の上陸を迎撃する砲の設置場所の下見を命じられた。約四週間の設置期間中、沖に何度も潜望鏡を見たし、日本軍の小型機はさらに頻繁に偵察飛行をおこなっていた。

灰緑色の軍用車の隊列はスラバヤのメインストリートで注目を浴びた。店や社交クラブのテラスで人々は立ち止り、我々を見ていた。彼らが互いに、あるいは自分自身に（これは軍事演習なのか、それとも本当に戦いがはじまるのか）と問いかけているのが感じられた。日本軍の容赦ない攻撃法を知る者は打ちひしがれていたが、情報がほとんど届いていなかったので、大多数のオランダ人は楽観的だった。

二月十五日、日本陸軍が海軍とその航空隊の助けも得てシンガポールを占領したとき、我々の運命はすでに決まっていた。人々は〈事実〉と〈希望的観測〉を混同していた。日本軍がすでに侵略した地域はオランダ人にとっては比較的、遠くにあった。我々は優秀な軍を有しているではないか、と思っていた。シンガポールに関するニュースは報道されてはいたが、ラジオも新聞もいまほど詳しいものではなかったし、パニックと買い占めを引き起こさぬよう、控えめに報じられていた。連合軍がシンガポールを失ったのも日本軍の危険を過小評価していたためであり、日本軍の戦闘能力の高さによるとは考えられていなかった。我々の身に今後、なにが降りかかるかを想像するのは困難な状況だった。

ほとんどの欧米人は優越感を抱いていた。日本の製品で知っていたのは安い綿製品くらいのものだった。造船などの大型産業に関しては、日本人が欧州製品の模倣に長けているだけだとし、日本軍は質が悪いと考えられていた。体格も我々のほうがまさっていた。近代化し、武装した日本は西欧との接触をあえて制限していた。

ボルネオ島のバリクパパン占領はすでに知られていたし、二月にはジャワ島にも爆弾が投下されたが、イギリス軍が日本軍を撃退するものと思われていた。いまやそうならないことが明らかになり、ボルネオからの情報も乏しくなった。

ボルネオではオランダ人の統治者および石油発掘者に残虐な行為がおこなわれていると言われていた。のちにそれが事実であったことが確認された。日本軍は風景にまぎれる灰緑色の軍服姿の偵察兵を我々の領域深くに送っているという噂があり、敵はまだ遠いと考えることもできたが、同時に偵察兵はすぐそこまで来ているのだと取ることもでき、なんとも不安な気分だった。

当時のオランダ領東インドおよびオランダ本国では、一九三七年の南京大虐殺についてほとんど知られていなかった。しかしいずれにしてもシンガポール侵略後、我々軍人も含め、人々は切実な恐怖感を抱きはじめた。社交クラブで酒をあおり、戦いになったらいかに日本人をこらしめてやるか、豪語する将校もいた。自分が一月の時点ですでにどれだけ緊張していたかは東ジャワの海岸での偵察中に明らかになった。その海岸は上陸に格好の場所で、隣接する森林が兵士と軍需品を隠してくれていた。

ジープに乗った二人のオランダ兵とともに、わたしは広大なゴム園を抜けていった。干上がった細い川床にかかる小さな木の橋が車で渡るに堪えうるかどうか、確認のためいったんエンジンを止めて車を下りた。背の高い木々の下に静寂が訪れた。風のざわめきも聞こえず、鳥たちが鳴いているだけだった。橋を渡りきったところで、突然、頭上の木の葉ががさっと音を立てた。わたしは拳銃を引き抜き、日本兵ではないかと上を見たが、それは昼の眠りを邪魔されたサルだった。当時すでに日本軍の偵察兵や待ち伏せをめぐってさまざまな噂が流れており、注意と緊張を常に強いられていたのだ。

スラバヤからトゥバンへの道は平坦で、植生も乏しく単調だった。ゆっくり前進し、三時間後には道端で短い休憩、その後、右折し、トゥバンに向けて田舎道を走った。ここの風景は起伏に富み、多様な植生が見られた。一行は、わたしが設置の準備をした基地から数キロ手前の地点で野営となった。わたしは今後の銃撃戦を恐れ、不安と緊張にさいなまれていた。自分の担当した準備が実戦で役立つかどうかも気がかりだった。準備の内容は、海岸から数キロ入った丘陵部に沿って、口径七〇ミリの砲四台を有する三部隊が通行可能な道をつくることと、上空を警戒し海岸を見渡せる見張り台の設置だった。さらに基地のまわりに鉄条網をはりめぐらせた。作業には多くの労働者が必要だった。そのような任務経験のなかったわたしは、重機の手引書と現地の労働者を雇うに十分な資金を与えられ、近隣の村の村長と百人以上の労働者の雇用について交渉した。興味津々の村人たちが見守るなか、床に敷いたマットの上で脚を組み、コーヒーを飲みながらの友好的な交渉となった。

幸いなことに、百人ほどの村人は以前にも村長の指示で歩兵部隊のために鉄条網を設置したことがあった。我々は村人の賃金を定め、ココヤシとバナナヤシの代価を交渉した。ココヤシは見張り台から海岸部を見渡せるよう伐採、バナナヤシは空からの攻撃を防ぐために植えることになっていた。準備期間中はオランダ兵二人とともに原始的な村の宿に泊まっていたが、記憶に残っているのは鉄板の屋根に降る雨の音が心地よかったことだけだ。週末は自宅に戻っていた。爆撃はスラバヤとその周辺部のみで、とりわけ港がよく狙われた。太平洋の他の領域での爆撃に比べればたいしたものではなかったが、それでも十分に恐怖を味わわされた。軍用機が近づくと震えあがっていたのはわたしだけではないはずだ。のちのスラバヤ沖海戦の大規模な爆撃は、わたし自身は体験していない。

トゥバン近辺には娯楽はほとんどなかった。小さな映画館くらいはあったのだろうが、一週間の疲労を取るために早く寝るほうがよかった。一度だけ泳ぎにいったことがあった。海ではなく、古い屋外プールで、一世紀以上前、村長のためにつくられたもののようだった。小さな村落のはずれにあり、十四×七メートルほどの大きさで、高さ約二メートルの石の壁がまわりを取り囲んでいた。幅一メートルほどの入口を通るとタイル張りの通路がプールへつづいていた。入口の向かいには石でできた脱衣コーナーがいくつか並んでいた。水はきれいに澄んでいた。ジープを停めて歩いていくと、地元の老婆が巨きな木の下で外壁にもたれて座り、バナナを売っていた。観光客より村のなじみを待っているようだったが、客は誰もいなかった。

葉が生い茂り、プールまで届きそうに枝を伸ばした巨木から、子だくさんのサルの一家の声が聞こえていた。バナナをあたえて手なずけておこうと老婆からバナナを買い、通路を半分ほど進むと、あっという間にサルの親子が木から外壁に下りてきて、長い手を伸ばして我々の手からバナナを取った。わたしを連れてきてくれたオランダ人たちが脱衣所に行ってしまうと、父親か祖父と思しきサルが数メートル先でゆっくりと壁から飛び降り、もうなにも残っていないとはっきり示したにもかかわらず、わたしの前に立ちはだかった。ごちそうにありつけなかったことが明らかに気に食わぬ様子だった。我々はボスザルの年齢と地位を、そうとは知らず軽んじてしまったのだ。

背丈一メートルほどのそれほど大きなサルではなかった。サルに関する知識はなかったが、その態度を見ていると、襲いかかってこようとしているのは明らかだった。わたしは本能的に拳銃をかまえ、同時に大声でわめき、床を踏み鳴らした。襲いかかられても撃ち殺すことだけは避けたかった。神聖な存在ではないにせよ、地域社会の一員であるにはちがいない。一分間、こちらを睨んだあと――とても長い時間だった――、サルは不満げに立ち去った。根にもつことはなく、我々がプールに飛び込んだあとには戻ってこなかったが、用心のため拳銃はプールサイドに置いておいた。わずか数分とはいえ緊迫した出来事だった。

ある金曜の午後、トゥバンから家に向かう途中で空中戦を目撃した。のちにそれが日本とアメリカの戦闘機であったことがわかった。アメリカ側が被弾し、旋回しながら墜落した。残骸を見つけに車で急いだが、川に行く手を阻まれた。せいぜい二台しか車の載せられない渡し船が向こう岸につけられていたためだ。負傷したアメリカの飛行士を運ぶため、幌なしのトラックがこちらから向こうへ運ばれた。渡し船が着くとわたしは応急担架に横たわる飛行士に話しかけた。わたしの声に目を開けた飛行士は「ここでずっと待っているんだ」とだけ言うと、事切れた。この軍用機は連合軍に残されていた数機のなかの一機であったはずだ。空でも海でも優勢だった日本軍は、艦砲射撃で海岸全体を焼き払うこともできたかもしれない。上陸阻止を試みていたら、大量の死者が出ていたはずだ。日本軍は海と空からの偵察で、ここからの上陸は見合わせて、トゥバンの西のクラガンから上陸することにしたのだった。

振り返ってみると、トゥバンの基地が海岸沿い数キロの地帯にとどめられていたのは理解しがたい。防衛計画上、他の場所から上陸された場合もこの基地で対応することになっていたのも不可解だ。わたしが目撃し、報告していた潜望鏡はほぼまちがいなく日本軍の潜水艦のものだった。小型機の偵察兵は我々の準備の様子をくまなく追っていたはずだ。二月二十六日には海軍の機雷班がトゥバンの沖合いに広大な機雷原を敷いている。日本軍はそれを知って上陸計画を変えたのだろうか？　我々の司令官はそれを知っていただろうか？

わたし自身はその事実を、海軍少佐A・クルーゼの著書『戦時におけるオランダ海軍』を読んではじめて知った。彼は二月二十七日、自らの駆逐艦〈コルテノール〉が波間に沈むのを目の当たりにしたのだ。それは、連合軍がカレル・ドールマン少将の指揮のもと艦隊を編成し、その何倍も強力な日本軍の艦艇を攻撃したスラバヤ沖海戦でのことだった。この海戦もトゥバンの沖合いで繰り広げられたが、機雷原からは距離があった。東ジャワにおける陸軍の活動にはよいところがなかったが、海軍のほうはイギリス、アメリカ、オーストラリアの古びた艦艇の援護を受け、防衛にあたっていた。彼らにとって望みうる最大の成果は、日本軍のオーストラリア方面への進軍を遅らせることだった。

海陸両面での時間稼ぎが目的とはいえ、スラバヤ沖での捨て身の攻撃の効果は限られたもので、東ジャワからの上陸にはほとんど影響を与えることができなかった。日本軍の上陸部隊と必要な軍事物資を乗せた輸送船は、海戦でも無傷だった。広域にわたって基地を設けた我々の歩兵部隊と装甲部隊は日本軍の上陸に際し、いかなる役割も果たせなかった。戦後もその活動内容については不明のままである。原因は砲兵・歩兵隊間のコミュニケーションの欠如、経験不足、あるいはどうせ負けるだろうという諦めから力を出しきれなかったことにあるのだろうか？　いずれにしても、後退につぐ後退の混乱した一週間ののち、三月八日、日本軍はスラバヤを占領した。

クラガンの西約三十キロにあるレンバンの港で、日本軍は軍需機材の陸揚げに成功した。クラガン上陸は三月一日午前二〜三時にはじまった。我々はその夜、トゥバンの基地から数キロ離れた地点にいて、車のそばで不安な一夜を過ごした。夜明けに車に乗り込むと、驚いたことに基地に就くのではなく内陸に後退するよう、指示が出された。流血の戦いを覚悟していたわたしの緊張は極限に達していて、あれほど周到に準備をしたはずの戦いが――少なくとも基地では――はじまらない、ということがうまく理解できなかった。自分たちが逃げているのだと認識したのは翌日、さらに後退するよう命令を受けたときだった。わたしが熱心に準備した海岸の基地は、なんの役にも立たなかったのだ。

戦後はじめて、日本軍の歩兵がちりぢりになり、小さな自転車で内陸部まで偵察していたことを知った。オランダ軍にはそれを防ぐ術がなかった。日本軍が効果的に潜入することができたのは、空からの周到な偵察のおかげが大きかったろう。我々はそれを妨げる飛行機も対空砲も有していなかった。

上陸から一週間後、日本軍はスラバヤを占領した。所属部隊が前日、マドゥラ島に（砲をもたずに）渡っていたので、わたし自身は直接その瞬間を体験していない。三月一日から六日までの動向に関しては、日々、戦闘態勢を取ることもなくひたすら後退したことしか記憶にない。トゥバンとスラバヤの間にはいくつかの歩兵基地があり、そこに合流することもできたのをのちに知ったが、日本軍の歩兵は広範囲に分散して基地のまわりを偵察しており、ほうぼうで銃撃戦が繰り広げられていた。我々の小隊が戦闘態勢を取ることもあったが、統制のとれた抵抗をおこなったのは、三月七日夜、スラバヤのはずれで両軍に死者が出たときのみと記憶している。わが軍のあらゆる階級における肉体・精神両面の訓練不足、コミュニケーションの欠如、誤解、それらすべてが士気の低下をもたらしていた。

日本軍が上陸した緊張の一夜が明けると、後退していた我々は港に向かった。日本兵が多方向から徒歩で一気にスラバヤ市街に侵入してくる危険が大きかったので、オランダ軍の全兵士が複数の船に分乗してマドゥラ島に渡ることになったのだ。わたしの記憶ではトゥバンを撤退する際、現地の軍人（そのほとんどは運転手として働いていた）は全員、逃げ出していたが、車を運搬する渡し船はまだ往来していた。大砲は閉鎖機を海に投げ捨てて使用不能にし、野砲は波止場から撤去した。その間に海軍基地の別方向からけたたましい音が聞こえてきた。爆撃ではなく、我々の海軍が保持していた弾薬を爆発させる音だった。それ以外、日本軍の手中に落ちるのを防ぐ方法がなかったのだ。榴弾や機関銃の弾薬は大音響をもたらすだけでなく、不揃いだが見事な花火を見せてくれた。他にも目の保養になったのは、港に何列にも駐車された高級車――カブリオレが多かった――だ。わが海軍と海軍飛行隊の将校たちに乗り捨てられた車だった。

そのようにして過ごした時間のなかで、もっとも美しい光景として記憶に残っている一場面がある。港と大きな渡し船の停船所のあいだにきれいな砂浜があった。午前十一時ごろ、太陽の下で大音響がとどろくなか、オランダ海軍の将校が一人、白の軍服姿で小さなテーブルについて、水兵か下級兵士に出されたコーヒーかなにかを飲んでいた。気品の漂う光景だった。

マドゥラ島に渡るのは、そこから漁船に乗ってオーストラリアに向かうためだった。島には港も空港もあり、無事に撤退できる可能性があったのだ。


マドゥラ島に着いて一時間もたたないうちに、すべての抵抗を止めるようにというラジオ放送があった。オランダ領東インドは降伏したのだ。一週間におよぶ緊張と疲労から、一気に感情が溢れ出した。日を追うごとに一連の大失態が明らかになっていったにもかかわらず、降伏を受け入れるのは容易なことではなかった。泣いている者もいれば、無言で落胆する者もいた(わたしは後者に属していた)。

わたしはステンガー少佐に仮兵舎にするのにふさわしい場所を探すよう命じられた。近くに野戦病院があったはずだった。島外への移動手段が見つからない場合、日本軍の到来を待つにはそこがふさわしいだろう。わたしは二人の兵士を連れ、ジープでその一帯を偵察した。一時間もしないうちに目的地が見つかった。田園風の小川の横に木と竹でできたバラックが数棟、並んでいた。マットの載った竹のベッド、仮設便所、硬い地面があるだけで、まわりは藪で覆われていた。

日本軍がそこにいる我々を発見したのは数日後のことだった。その間に、船といえば数隻の漁船があるのみで、とうていオーストラリアにはたどり着けないことがわかっていた。最初に目にした敵は、伍長の運転する我々のジープでバラックに乗りつけた若い将校だった。完璧な英語を話すこの男は、わたしを探していた。あまりに驚き、なぜ自分を探しているのかすぐには理解できなかったが、名乗りを上げると、日本に住んだことがあり日本語を話せるというのはほんとうか、と尋ねられた。そうだと答えると、いっしょにスラバヤに来るよう言われた。まだ捕虜の自覚がなかったわたしは、基地を離れるには司令官の許可が必要だと言った。

ステンガー少佐には当然、同意することしかできなかった。わたし自身と同様に、少佐もまたわたしの連行を降ってわいたチャンスと考えており、今後、我々の部隊がどこに移送されるか、心して情報に気をつけるように言った。半年もすれば戦争は終わるだろうから、そうなればすぐにわたしが彼らの住居等の準備をする、というもくろみだった。こうしてわたしは少佐の励ましを受け前向きな気持ちでジープに乗り込んだ。英語の上手な中尉は英語教師であることがわかった。

スラバヤへの短い航海ののち、わたしはオランダ企業の建物に設けられた日本軍の司令部に連れていかれた。

我々は広い部屋で少し年上の将校に迎えられた。彼はわたしに日本語で、日本語がわかるか尋ねた。わたしが答える前に付き添いの中尉が英語で質問を繰り返し、英語で答えると日本語で通訳された。そのようにしておこなわれた奇妙な面談は終わり方も奇妙だった。わたしは正直に、日本語の読み書きはできず、知識もかぎられていると伝えた。驚いたことに、それで十分だったらしく、軽い会釈とともに礼を言われたあと、わたしは中尉に蘭印鉄道の事務所へ連れていかれ、トヨシマ中尉に引き渡された。この品行方正な若き将校は、東ジャワ鉄道本部での軍事活動の責任者である不機嫌な年配の大尉の右腕だった。面談が通訳を介しておこなわれたのは、おそらく高官と捕虜の直接の接触を避けるため、そしてわたしを自分の口で通訳に任命することで生ずる責任を逃れるためであったと思われる。

2　日本

一九三七年五月から一九三九年末まで、わたしは神戸で暮らしていた。日本語を学んだのはそのときだ。まだ独身で、そのほとんどの期間を、オランダの貿易・船舶会社や銀行に勤める若いオランダ人たちとともに洋館に下宿していた。神戸は山と海に囲まれた街だった。

日本の五月は一年でもっとも美しい月の一つで、桜の花もまだ街中や郊外で見ることができた。わたしの暮らしていた美しい住宅街の庭々には、盆栽風に整えられた植木が並び、目を楽しませてくれた。昼間は上着は必要なく、雨が降れば傘を差して歩いた。ゆるやかに坂を上がる山の手には瀟洒な家が並んでいた。そこに住むほとんどの外国人は商業・産業の栄えた大都市、大阪で働いていた。最寄りの三宮駅からは電車で三十分ほどだった。外国人が運転免許を得るのは容易でなかったし、道路は混雑していたが、タクシーには安く乗ることができた。

マルセイユから照国丸に乗り約三週間後、神戸に到着すると、大阪支店の副支店長、ジル・デ・ヨンゲがわたしを迎え、広大な森のはずれの住宅街にある下宿先までタクシーで連れていってくれた。もう少し山のほうに小さな美しい寺があり、風向きがいいと時間によって鐘の音が聞こえた。下宿先は石造りの洋館で、ロシア移民のヴィッテ夫人が管理していた。長期滞在していたのはイギリス人の中年男性と年配のロシア人大佐だった。大佐は一九一七年の革命後、馬と徒歩でハルビンまでたどり着き、そこから日本に亡命した。ロシアと満州の過酷な行程のせいで、慢性の気管支炎を患っていた。

ロシア革命中および革命後に何千人ものロシア人が沿海州方面に逃げ、その一部は中国南部まで下り、さらに少数のロシア人が日本に渡った。良家の出身で洗練された大佐にとっては――ヴィッテ夫人の面倒見がいかによくても――悲しい人生の終焉であったにちがいない。下宿の広々とした寝室は日本風につつましくわずかな家具が置かれ、居心地がよかった。三宮駅までの通勤路は十五分ほどで、庭つきの一軒家の並ぶ住宅街を抜けて坂を下り、交通の激しい大通りを渡り、ゆるやかに曲がる商店街を抜けて歩いた。小さな店では銀細工や、美しい陶器が売られていた。為替レートが特別によかったので、欧米企業の月給があれば、なにもかも安く、豊かな暮らしができた。オランダでは考えもしなかったことが日本ではできた。自分好みの食器セットを注文することもその一つだった。何十種類ものタイプと模様から選ぶことができ、形や色を特注することもできた。そうした日用品の店でも、片言の英語を交えた気持ちのいい応対を受けた。駅の近くで広い道を渡り、駅前広場からホームにつづく階段室に至る。電車は長い高架橋を渡り、東西方面に向かった。外国人は常に一等車と決まっていたので、大阪への短い電車の旅は快適なものだった。毎日、ホームで英語版の日本の新聞を買った。内容は実務的なもので、政府に対する批判は一切書かれていなかった。

勤め先の貿易商事〈ハームセン、フェルウェイ&ダンロップ社〉は十二×十四メートルほどのフロアにあり、コーヘン支店長の部屋と小さな資料室のみ別室になっていた。フロアには十数名の男女の日本人社員とデ・ヨンゲとわたしの机が並んでいた。オランダ人にはそれぞれ英語を話せるアシスタントがついた。アシスタントの英語力は我々と同程度、すなわち並程度だった。納入業者とのやりとりも英語でおこなわれたが、彼らの英語力も並かそれ以下だった。我々は安価な綿、建築資材、自転車、日用品を大量に買い付け、オランダ領東インドに輸出していた。

わたしのアシスタント兼通訳は三十歳前後の親しみやすい青年だったが、仕事上のつきあいを超えることはなかった。おりしも一九三七年の春から新聞・ラジオをとおして外国人スパイに注意するよう警告がはじまり、外国人との親交は控えるべし、という社会風潮だった。一九三七年前半、それまでの中国沿岸部への攻撃に加え、内陸部への大掛かりな攻撃をはじめた日本は、その正当化のためのプロパガンダを大々的におこなっていた。街中で出征兵士の行進を見せられることによって、国民は、戦争を身近に感じるようになっていった。神戸では学童が沿道に立ち、旗を振っていた。〈解放戦争〉が喜ばしいことであるような印象を国民にあたえるためだ。ますます多くの部隊が必要になってからは、兵士の移送はなるべく夜半におこなわれるようになった。

このプロパガンダに誰もが影響を受けているわけではないことを示す人物が、身近に一人だけいた。わたしの日本語の家庭教師だ。彼は、中国での攻撃を解放戦争とする日本政府の見解を信じておらず、日本の軍事活動がまちがっていることに気づいていた。二人の息子は軍に召集され、民間企業でのよい職を棒に振らねばならなかった。

外国人居住者のなかで、これが大きな侵略戦争の始まりであり、目的達成のため日本国民が一丸となって戦争に従事することになると認識している者はほとんどいなかった。日本の歴史的背景を理解していなかったせいもあるし、こんなに友好的な国民が非情な軍隊をつくりあげることができるとは考えられなかったためでもある。日本人は仕事上で接するかぎりはいつも親切で礼儀正しかった。日本に着いて二週間もたつと、こちらからもおじぎができるようになった。さらに二週間後には相手の地位と自分の地位を比較して、おじぎの深さを調整できるようにもなった。デパートのエスカレーターの上と下に着物姿で立ち、顧客に歌うように礼を述べる女性店員の存在は、まるで自分が芝居の舞台に紛れこんだような錯覚をもたらした。

洋館の下宿で約一ヵ月、暮らしたあと、わたしは、坂を少し下った住宅街にある家に四人目の単身者として入居した。他にはトン・クノッテンベルト、ヤン・ヘルドリング、ハリー・デ・ハーンがいて、新入りのわたしだけがずっと年若かった。彼らとは、毎週、神戸ホテルで開かれていたオランダ人の交流会で知り合った。ウィルヘルミナ女王の誕生日に領事館で開かれるレセプション以外には、それが唯一の集いだった。オランダ人よりも人数の多かったイギリス人の場合は、教会や塩屋カントリークラブなど、交流の場も多かった。

一年余りのち、交流会の発起人で同居人だった三人が、オランダ領東インドと上海に同時に転属になったので、わたしはヘンク・バウマンとともにもう少し小ぶりな家に引っ越した。日本での最後の年は屋上テラスのある小さな家に一人で暮らした。その家も山の手に向かう坂の下にあったが、市街からは少し遠かった。その他に二人のオランダ人と、テラス付きの大きな海辺の家を週末用に借りていて、天気のいい週末はそこで過ごした。三人で行くことはなく、あらかじめ誰が行くか、誰が使用人を連れていくか、相談して決めていた。家賃は我々にとっては格安だった。わが人生で神戸時代ほど快適な暮らしをしたことはない。

日本滞在中、小さな地震のほかに大きな災害を二度、体験した。一度目はまだ大きな洋館に住んでいるとき、夜十一時ごろにあった地震だ。地震の際は、部屋の戸口に立つのがいちばん安全だ。六つの個室がある二階の廊下に全員が顔を出し、にぎやかな光景だった。二度目はそれからほぼ一年後、何日も豪雨のつづいたあとの早朝のことだった。八時ごろ、いつもどおり通勤電車に乗ったときには、丘の一部が土砂崩れを起こしはじめていることなど知らなかった。電車の中からいま歩いてきた道を見下ろすと、まだ車は少なく、雨が降りつづいていた。道端の幅広い側溝から水が溢れはじめていた。数分後には通り一面に水が溢れ返った。通行人は道端の家に身を寄せていた。あっという間に荒々しい水の流れが一メートルもの高さに及んだ。そこに勢いよく板が流れてきた。木製の屋根の一部、木の枝、車などが激しい勢いの洪水に流されていた。何百もの枕木が流されたため、電車も運休していた。わたしにとっては思わぬ冒険の日となった。

一時間後には激しい洪水はおさまりはじめたが、一メートルに達している場所もまだあった。駅付近では十分注意していれば、流れに逆らい腰まで水に浸かって歩くこともできた。わたしはゆっくりと前進する大きな軍用トラックにつかまって、交差点を渡った。交差点からさほど離れていないところに友人のフランス・ファン・デル・スレーセンの働くオランダ銀行の支社があった。洪水が治まるまで銀行に避難させてもらえないかと思って訪ねていくと、すでに浸水がはじまっていた。ズボンの裾をまくり上げて白く細長い脚を出した身なりのいいマネージャーの指示で、何人かのスタッフが徐々に水の満ちていく地下から資料を運び上げていた。フランスもその一人で、一階の物も極力浸水から救うべく、休みなく作業をつづけていた。わたしの助けは必要なさそうだ。やがてわたしは自分の家が流されているかもしれないことにはたと気がついた。幸い、我が家は無事だったが、銀行と我が家の中間地点の、市街地を出たところにあるファン・デル・ハイス夫妻の家は、一メートルの浸水だった。彼らがどこに避難していたのかは記憶にない。二日後に線路が修復されてようやく出勤すると、コーヘン支店長に叱責された。大阪までヒッチハイクで出勤してこなかったからだ。

週末の休みは基本的には土曜の午後一時からだったが、一時を回ることもしばしばあった。日本に来て二ヵ月後には、土曜のランチは決まって、モダンな個人貿易会社を経営するチェベ・マースと副社長のワイテンホルスト、そしてポルトガル人の船舶仲買人ゲテレズとともにするようになった。当時から冷房の利いていた大阪の大きなオフィスビルの最上階で落ち合い、見事な街の景観を楽しんだ。ランチのあとには小一時間、少額の賭けごとをした。毎週やっていると、結局プラスマイナスはゼロだった。

日曜日には長い散歩をした。遠くまで鐘の音が響く寺のそばに来ると、独特の雰囲気が漂っていた。多くの参拝客がしずしずと、男性が先を歩き、着物を着ているためにすり足の女性があとにつづく。境内を歩く僧たちは共同で儀式をおこなうのではなく、おのおの経を唱えていた。穏やかな気分で寺を出たあとは、山間の渓流を見にいくことが多かった。小さな滝もあった。春の森は美しく、青々と生い茂った木陰が涼しい夏の森もすばらしかったが、秋の森の紅葉、匂い、木々の下を覆う茶色い葉の絨毯はもっとも鮮やかにわたしの記憶に残っている。

冬はさほど寒くなく、雪はほとんど降らなかった。戸外は夜、たまに凍ることがあるくらいだったからスケートは室内でしかできなかったが、スピードスケートをするにはリンクが狭すぎた。フィギュアスケートはできなかったので、アイスホッケー用のブレードの短いスケート靴で滑らざるをえなかった。それでも、冬の楽しみを味わうことはできた。あとから思えば、スキーをしなかったことが悔やまれるが、当時はスキー場も多くはなく、かなり北のほうに行かなければならなかった。だからこそ純粋に自然のなかで滑ることができたのだけれど、残念ながら体験することはなかった。

我々にとって日本的なつきあいといえば、取り引き先の人たちとの会食の席にかぎられていた。料亭の畳の間ですき焼きを食べるのだ。オランダ領東インドのライスターフェルのように、元々は欧米人のために考えられた料理だ。食事の席に華を添える芸者の白い顔や人工的な髪型は我々の目には美しくは見えなかったし、何年も教育を受けたもてなしの術も言葉のわからない我々には意味をなさなかった。日本酒の旨さもわたしにはわからなかった。日本人の接待を受けるときには外国人慣れした料亭に連れていってくれたので、日本のエチケットを心得ていなくても問題はなかった。給仕と芸者はいくつか英単語を知っていた。たいてい何度も乾杯し、笑い合った。だが実のところ、こういう会食はあまり頻繁ではなかった。オランダ側にはこのような接待に抵抗があったからだ。贈答品をもらうことも同様だった。歳暮や記念品の贈与はおそらくいまでも日本の習慣なのであろうが、〈お礼の気持ち〉と〈買収〉の差を明確にすることは困難だ。それゆえ我々若手社員は一切贈答品を受け取らないよう定められており、実際にほぼ守られていた。日本人はそれを残念に思い、礼節を欠いていると受け取っていたようだ。社長クラスのオランダ人は角が立たぬよう、うまく立ち回っていた。日本で暮らした数年に、日本人どうし、あるいは外国人に対して、彼らが野蛮な、あるいは敵意のある振る舞いをするのを見たことは一度もない。日本人は行動様式をなによりも大切にしていた。のちにオランダ領東インドにおいても、面目を失うことは恥とみなされたが、それは罪の意識とは異なるものだった。

神戸のオランダ人仲間でもっとも目立つ存在はチェベ・マースだった。身長一メートル九〇ほどもある偉丈夫な、表情豊かな男で、パーティーや女性とねんごろになる機会は決して逃さず、人生を謳歌していた。神戸と大阪の間にあるすばらしい邸宅に、ウィーン出身の美しい妻と早期退職したフランス人の元外交官と三人で暮らしていた。度重なるチェベの浮気に愛想をつかした妻が、身なりのいいフランス人の恋人をいっしょに住まわせていたのだ。この男が秘密情報員であったとしても不思議はなかった。おそらく彼から日本の海外進出への野望について情報を得て、チェベは、真珠湾攻撃の前にオーストラリアに移住した。フランス人男性の行方に関しては、バタヴィア（現ジャカルタ）での目撃情報があった。この三人の運命は如何なるものであったろう。

わたしにはヘレン・スゾコロヴスキーという女友だちがいて、よく神戸の山の手のすばらしい風景を見ながら散歩をした。一九一七年のロシア革命後、何千ものロシア人が東方に向け祖国から逃れたが、ヘレンも子ども時代に母親に連れられ亡命したのだった。大阪からオランダ領東インドに転勤になったばかりの、ボルネオ・スマトラ会社の若き支配人と婚約していたので恋愛関係にはならなかったが、すらりと美しく、スポーツ好きで、いっしょにいるのが楽しい女性だった。

多くの美点をもつ日本人だが、平均的に欠けていると思われたのが、ユーモアのセンスだ

〈〈我々の〉ユーモアのセンス、と限定したほうがいいかもしれないが〉。当時の彼らの生活が質素で規制の多いものだったことによるのかもしれない。ユーモア――とりわけ自嘲――はある程度、生活が豊かでなければ生まれないものなのだろう。スポーツにおいても彼らは真剣すぎて、敗北は面目を失うことと受け取られていた。当時、最も人気のあった相撲や柔道も真剣におこなわれる格闘技だった。これらのスポーツにはほとんどお金がかからなかったことも、当時相対的に貧しかった日本人に人気の理由だった。裕福になった今日ではテニスやゴルフが人気を集め、ゴルフはコースを回るほか延々と打ちっぱなしの練習もおこなわれている。観戦するスポーツとしては野球が人気だ。いまでは日本人も少しは負け上手になっていればいいのだが。

日本語力が足りなかったので、日本文化を楽しむことはほぼ不可能だった。歌舞伎を観にいっても延々とつづく舞台に辟易し、様式化された伝統芸という印象しか残らなかった。古典芸能に関する英語の論文を読むほどには、日本文化に関心をもてなかった。相撲のスペクタクルもぜひまた観たいほどではなかった。それよりはむしろ宝塚歌劇団のほうが楽しめた。アメリカをモデルとした、揃いの衣装をつけた娘たちの息の合ったラインダンスを観た。舞台は当時としては巨大で、ライトのほかに雪が舞ったり、工夫に富んでいた。芸術に興味がなかった点では、わたしは当時、日本にいた他の外国人と変わらなかった。気晴らしはもっぱら週日の夜、日本人の女の子と踊ることのできる小さなバーに行くことだった。リキュールのように見えるが色つきの水かレモネードというドリンクを買うことが、彼女たちへの報酬だった。日本語で話そうとするとクスクス笑われたが、それでも毎週、自宅で習っていた日本語会話のいい練習になった。女性たちのなかの一人の、軽やかな障子のある洗練された木造住宅を訪ねていくのは、日本語を習うためではなかった。ほぼ一年、ほんとうの恋人関係にあったその女性とのことは、忘れられない思い出だ。

厳格で感情を表わさない父に育てられたわたしはすぐに人と打ち解けて気軽につきあえるタイプではなかったが、日本では逆にその性格が役立ったようだ。それが日本人の特徴的な性格であるからだ。だからこそ、はじめてベッドをともにしたときの親密さが、わたしにとってはあれほどすばらしい、解放的な体験だったのだと思う。本来ならば、セックス自体よりも刺激的な――期待感や記憶のほうが現実よりも美しいように――かけひきの段階もなかった。マリコとわたしが心底たがいに恋をしていたのは幸せなことだった。

ゆっくり横になって、なにが起こったのか思いに耽ることができたのだから、土曜の夜だったのだろう。マリコとママさんの陽気なおしゃべりをぼんやりと聞きながら、マリコのもってきてくれたお茶とお菓子をいただいていた。二日酔いだったはずだが、記憶にあるのは心地よい解放感だ。マリコにお金を払うことは思いつかなかったし、彼女からもそういう話は出なかった。この日から数ヵ月間、わたしは週に二度ほど彼女の家に泊まりにいくようになった。バーの閉店の何時間も前に二人で店を出て。十日ほどたってようやく、勤務時間が減った分、マリコの稼ぎが減っていることに気づいたわたしは、月ごとにお金を渡すことにした（十分な額であったならばよいのだが）。

一夜をともにし、さっと湯を浴びてお茶を飲むと、夜明けとともに坂道を駆け上がり家に戻った。自由で満ち足り、水を得た魚のように生き生きとした気分だった。三人の同居人はわたしのはじめての外泊に興味津々だった。わたしより年上で経験も豊かな彼らには、ロマンチックな言葉で語られる純情物語が面白かったにちがいない。彼らは一夜の情事に多額の報酬を払うとマリコをそそのかしてわたしの目を覚まさせようとしたが、マリコは話に乗らなかった。

しかし一年でこの恋は終わりを迎えた――少なくともわたしのほうでは。わたしの次の赴任先に付いていきたいと思っていたマリコには深い悲しみを与えることになってしまった。その後、彼女が誰かと末長くしあわせになったことを願う。一九三七年から八年にかけての冬にナンシー・キネスと出会ったときには一目惚れをしたわけではなかった。スケートやヨットをともに楽しみ、何度か彼女の両親の家を訪ねるうちに徐々に仲が深まった。一九三八年の晩夏、美しい月夜の散歩中に戸外で結ばれてからはどんどん親密になっていった。マリコはわたしの心が離れていくのを本能的に感じていたが、彼女に真実を話すことはわたしにはできなかった。

3　ジャワ島

正式に日本軍の通訳を命じられたわたしは、自宅に住みつづけられると知って、大いに安堵した。妻のナンシーは不機嫌な司令官（一章末の〈不機嫌な年配の大尉〉と同一人物。著者自身、面識はない）の通訳で、二人とも、定時に帰してもらえることになっていた。車の使用は許可されていなかったが、路面電車の交通網が発達していた。わたしの四人乗りオープンカーのモーリスは、ガソリンが入ったまま我が家のガレージで眠っていた。

　妻のナンシー・キネスには神戸のスケートリンクで出会った。二歳年下の二十歳で身長約百七十五センチ、向かい合って立つとかろうじて彼女の頭越しに向こうが見えるような背格好だった。スポーツ万能で魚のようにすいすい泳ぎ、スタイルがよく、肩まで伸ばしたウェーブのかかった髪は濃い金髪、瞳は灰緑色だった。普段着の着こなしも上品で、二匹の毛足の長い茶色のスパニエルを連れて散歩していると、イギリスのカントリー雑誌のモデルのようだった。化粧はしていなかった。

一九三八年の晩夏、我々は海で泳いだり、浜辺で貸しヨットに乗ったりした。父親はスコットランド人で、長年、石油会社ＢＰの日本支社で技師として働き、すでに定年退職していた。母親はイングランド人だった。周りを庭に囲まれた街はずれの一軒家に日本人の住み込み家政婦二人と犬とともに暮らしていた。ナンシーには二人兄がおり、長兄はすでに独立し、まだ実家に住んでいた金髪でハンサムな二十二歳の次兄は気のいい男だった。わたしの育った家庭とはまったくちがっていたが、彼らの家庭も安全な港のように感じることができた。何度かナンシーについて聖公会の教会に行ったが、宗教的な意味合いはなく、世間づきあいのようなものだった。一九三九年にはナンシーと京都に一泊二日の旅をした。三九年半ばには婚約し、彼女の家でお披露目のパーティーをした。

わたしは三九年末にスラバヤに転勤になり、その半年後にナンシーがやってきた。当時はすべてが船旅だったが、神戸からスラバヤまではわずか一週間ほどの旅だった。船上でのことはほとんど記憶に残っていない。友だちや知り合いをつくるには時間が短すぎた。オランダのＫＰＭ（船便会社）の船上ではひたすらマレー語の習得に時間を費やしたので、スラバヤに着いたときにはかなり話せるようになっていた。八百の単語を知っていればある程度の英語が話せるように、マレー語もそれより少ない単語でずいぶん役立った。書き言葉は仕事で必要なかったので勉強しなかった。日本同様、オランダ領東インドでも現地のインドネシア人と友人として接する機会はなかった。オランダ語が堪能な者も多く、特に政府機関に勤める者はそうであったにもかかわらず。日本では日本人が我々のことを遠ざけていたが、東インドでは逆にこちらのほうがインドネシア人の文化に興味をもてなかった。オランダ人とインドネシア人の役人同士のあいだには、個人的なつきあいもあったようだ。

独身生活最後の日々はスラバヤ在住のいとこ、ヨーケ・ファン・ウルフテン・パルテと夫のフーフ・ブルハーハウトの家で過ごした。幼い息子と娘はどちらも聞き分けがよく、可愛らしかった。フーフは海軍飛行士として武装した巨大な水上飛行機ドルニエに乗務し、家を空けることが多かった。

仕事はほぼ毎日、港湾税関にでかけ、世界各地から届いた物資の通関手続きからはじまった。アンボン人社員のウクトルセアから通関手続きの必要事項を教わった。

ナンシーとはバタヴィアの親戚、テル・ハール家で結婚し、翌一九四一年十月九日、スラバヤの病院で娘のジャクリン・アンが生まれた。

わたしの慎ましい給料では豪華なハネムーンは望めなかった。オランダ通貨ギルダーは東インドでは日本のようには強くなかったのだ。トン・クノッテンベルトのすばらしい二人乗りのダッジを借りて、バタヴィアから五十キロほど離れた丘陵地にあるプンチャックまで行った。テル・ハール家の女中付きの週末の家で二週間、ハネムーンを楽しませてもらった。

ハイライトはジャワ島中部にあるボロブドゥール寺院遺跡の見学だった。八世紀半ばから九世紀に釈迦を祀るために建てられたヒンドゥー教・仏教寺院だ。自然の丘陵の上から下まで、見事な石の彫刻で覆われている。遠くから見ると土台が正方形なのでピラミッドのようだったが、ピラミッドのように尖ってはいない。七段か八段に重なった回廊があり、千以上もの仏教説話のレリーフが壁に彫られている。回廊はわたしの記憶では幅が一メートル以上あった。石の階段を上がって高い回廊に進むたびに幅が広くなっていく。最後の数段は円形壇になっていて、独立した小さな仏塔《ストゥーパ》がいくつも立っていた。

スラバヤではダルモ大通りの横道にある前庭と車庫付きの一軒家に住んでいた。ナンシーはわたしよりもよい親だった。日本にいる両親の家には住み込みの女中が二人いたので家事の経験はほとんどなかったが、スラバヤでも毎日、料理上手な現地の家政婦が通ってきたので、ナンシーは娘ジャッキーの育児に専念することができた。実際のところ我々は二人とも結婚生活を送るにはまだ幼すぎたのだが、子育てによってナンシーは明らかに成長した。十二月に召集されたこともあり、家庭生活におけるわたしの役割は限られたものだった。

我々はよく数百メートル離れたブルハーハウト家を訪れた。マース夫妻（日本のチェベ・マースの親戚ではない）にもよく会っていた。マース氏は音楽番組の多い地元の商業ラジオ局のオーナーで、自宅に友人知人を招いては、テラスで酒を振る舞っていた。

当時、ナンシーにはまだ友だちがいなかった。マレー語はすぐに覚えたが、オランダ語は話せなかった。戦後ほど英語を話すオランダ人が多くはなかったので、ナンシーも最初は苦労したはずだ。わたしがよく現地の運転手の車で何日も家を空けていたからだ。我々が世界中から買い付けた製品を買い取ってくれる、地方の華僑を訪ねるためだった。訪問の際には前回の購入の清算もした。たいていわたしが自分で運転し、車の往来の少ない道中、すばらしい景色を楽しんだ。宿泊は簡易ホテルだった。中国人顧客が帳簿もつけずに（他の町の支店に確認の電話をかける際にも）、記憶だけで大量に注文するのには驚いた。仕事の内容自体は好きではなかったが、心地よいドライブを楽しみながら得意先を回れるのが利点だった。

そのころはまだ週末になると二時間ほど車を走らせ、心地よい涼しさの山間のマランに泳ぎにいくこともあった。大きなプールがオランダ人の人気を集めていた。そこで一度ステンガー少佐にナンシーを紹介することもできた。いとこのリーフリンクとその妻に会ったこともある。彼らはおそらくマラン近郊に住んでいたのだろう。スラバヤにはオランダ人が好んで訪れる社交クラブがあったが、のちにオランダに戻ってからと同じく、わたしはそういうことには興味がなかった。

わたしたちの勤務時間中、誰が子どもの面倒を見ていたのかは思い出せないが、おそらくヨーケだったのだろう。トヨシマ中尉の通訳の仕事は単調なもので、毎日が退屈だった。事務所には冷房がなかったが、堪えられないほどの暑さではなかった。冷房はまだ普及しておらず、天井についた扇風機のほうが一般的で、事務所にもあった。二時間に一度、現地の使用人がグラスに紅茶を入れてもってきた。一日中、列車の発着情報が電報、ときには電話で入ってきた。軍事物資を積んだ貨物車も走っていたし、ときには部隊の移送もあった。すべての情報はオランダ語で送られ、わたしが口頭でトヨシマ中尉に内容を伝えた。日本からは鉄道技術者が来ていなかったので、オランダ人と現地の社員が職務を続行した。鉄道会社の代表は技師のクノープだったが、天皇誕生日の儀式以外に彼に会うことはなかった。他の社員に会うことも一切なかった。

通訳を命じられて数週間後、従業員の終業から事務所を閉めるまでの時間に外廊下のほうから奇妙な音が聞こえてくるようになった。四月二十九日の天皇誕生日に向けて、従業員全員、日本の国歌を覚えさせられていたのだ。メロディーは我々の耳には聞き慣れないものだったし、歌詞は当然、意味不明だったので、数週間の準備が必要だった。

当日は全員が芝生から数段高い壇上に並ばされた。国旗掲揚台のまわりには十人ほどの日本人伍長と兵士およびクノープ技師が立っていた。静まり返ったなか、クノープ氏が国旗の紐を手に取り、厳粛に日の丸を掲揚した。我々オランダ人にとっては苦々しい瞬間だったが、クノープ氏がこれを拒み、重罰を受けても改心しなければ、おそらく処刑されていただろう。壇上には従業員のほかに二人の日本人将校とわたしも並んだ。

旗がゆっくりと上がりはじめると大尉が「国歌斉唱！」と叫んだ。伍長が歌いはじめ、まわりがそれにつづくことになっていた。わたしの役割はこの指示をオランダ語とマレー語に訳して伝えることだった。伍長が最初の一節を歌ったあと、残りの皆が二節目から歌いはじめるものだと思っていたのだが、伍長は十人ほどの兵士とともに一節目を歌い音程と速さを示すと、またはじめから歌いはじめた。オランダ人とインドネシア人は同じタイミングで二節目を歌いはじめた。結果は散々で、我々は早く歌いおわってしまったのだから、どんな音痴であろうと、不揃いであったことには気づいたはずだ。この大失敗を咎められずに済んだのはとても幸運なことだった。わざとまちがうように通訳したと勘ぐられたら、わたしは処刑されていたかもしれない。たとえ彼らが通訳を失うことになってもだ。天皇と国歌はそれほど神聖なものだった。

わたしは震えあがったが、そのときも時間を経てからも、この件について問いただされることはなかった。

参考までに記しておけば、オランダが降伏した数日後、マース氏が深夜のラジオ放送のおしまいに、ひきつづきオランダの国歌〈ウィルヘルムス〉を流していることを知った日本軍は、彼を処刑したのだった。

六月にはこんな奇妙なこともあった。トヨシマ中尉とわたしは朝八時にホームに立ち、ふだんの時刻表ではスラカルタ行きのはずの汽車の、最後尾の車両に乗り込んだ。スラカルタには東ジャワ線の最西端の駅があり、我々は視察に向かっていた。最後尾は重役専用で、まわりにガラスが張りめぐらされ、豪華なラウンジチェアが据え付けられていた。鉄道員はホームに並び、インドネシア人がみな手を振っていた。肌の色に関わらず重役は重役であるし、日本人は解放者とみなされていた。いつもどおり見事な姿勢で、トヨシマ中尉は敬礼した。

スラカルタに着くと、トヨシマはホームの事務室に姿を消した。日本人の駅指揮官との会話には通訳の必要はなかったので、わたしはベンチに座り、ジョグジャカルタ行き汽車の発車を前に、ホームを急ぐ乗客を眺めていた。汽車はすし詰め状態だったが、最後尾車だけが空いていた。軍人専用車かと思っていたら、機関士の一度目の笛で重装備した日本兵たちが喘ぎ叫びながらホームになだれこみ、別々の車両に分かれて乗り込もうとした。満員電車に慣れている日本人でも割り込む隙のないほどぎゅう詰めだったが、最後尾だけは空車のままだった。ホームに残った兵士たちに「おい、おい!」という声が飛び、最後尾が空いていることが示されると、二度目の笛が鳴るなか、三十人ほどの兵士が我先に最後尾の車両に乗り込んだ。ドアを閉めるより早く、列車は走り出した……最後尾の車両をあとに残して。掲示板にはその旨、記されていたはずだが、おそらくマレー語だったのだろう。兵士たちがどのように列車から降りてきたかは思い出せない。すぐには降りてこなかっただろう。置き去りにされた無念さと気まずさはいかばかりか。あれほど奇妙な光景を見たことはなかったが、罰として責任者が殴られることを思うと、笑う気にもならなかった。

この出来事から数週間後、終業時刻の目前に、駅の正門前にバスが止まった。年配の大尉の命令で通常より早く終業となり、オランダ人雇用者全員(十五人ほどだったと思う。女性はいなかった)が監視のもと無言でバスに乗り込んだ。行先は知らされていなかった。翌日の午後、彼らは同じバスで戻ってきた。不精髭を生やし、真っ青で、なにがあったのか、一言も話そうとはしなかった。のちに漏れ聞いた情報によると、彼らは憲兵隊に連れていかれ、妨害工作《サボタージュ》をおこなえば処刑もやむなしということを、派手な脅しで叩きこまれたのだそうだ。これが単なる脅しではなかったことは二年後にスマランで証明された。サボタージュ計画が明るみに出て

（本当であったかどうかは定かでないが）、数人の雇用者が処刑されたのだ。〈派手な脅し〉とは怒鳴り声と身ぶりのことで、日本の軍人が相手に言うことを聞かせるために取る手段だった。日本社会は民間と軍隊の双方において上から下まで形式でがんじがらめにされていた。少なくとも当時はそうだった。おそらくいまの日本社会は大いに変わっているだろう。イギリスもかつては社会の統制が厳しく、人々は感情を抑制していたが、戦後はもっと自由な社会になった。

日本国民は礼節を重んじることを社会的に強いられていたし、軍人はかつて社会的に敬われ、権力をもっていた武士を見本としていた。召集された徴集兵も、担当司令官の解釈による理想的な〈武士〉像に従った。徴集兵と職業軍人は過酷な基礎訓練ののち、戦闘兵と軍事占領者に分けられた。前者は最も残忍な手段で――民間人とも――戦うことを求められるが、後者は節度ある態度を取るよう教育された。

トヨシマ中尉や前出の英語教師のような将校たちは武士道を規範としていた。そこには決して降参せず命をかけて戦うことも含まれており、軍のすべての等級でそれが求められた。上級軍人にのみ求められたのは、辱められた場合の、あるいは最高位の指導者の死に際しての、忠誠心からの自決だった。ハーバート・ビックス教授は昭和天皇および現代日本の誕生に関する著書のなかで、明治天皇の死に際して乃木将軍が切腹自決したことに言及している。乃木将軍は自分がこの残虐な方法で死にゆく前には妻が同じようにするのを介助している。第二次大戦後に自決した将官は数人しかいなかったし、切腹ではなかった。天皇は政治的な理由で、戦争責任を問われることと死を免れた。第二次大戦における天皇の役割は大きかったのだが、アメリカは天皇を戦犯扱いすることは将来的な日米関係に亀裂をもたらすと認識していた。天皇は国家の象徴であるのみならず、天照大御神の子孫である神として祀られていたのだ。日本国民にとって天皇を戦犯とされることは決して忘れることのできない屈辱となっていただろう。古来からの伝統がそこで途絶えることになっていたとしたら、その後の日本がどうなっていたかは、誰にもわからない。

当時、日本人が死を恐れず勇敢に自決すると考えられていたのは、現実というよりは伝説に近かったことが、ある夜、憲兵隊の若い当直将校の話で明らかになった。一九四一年にフィリピン上陸を体験した彼は、上陸した兵士たちがアメリカ軍の銃撃に堪えられず、上陸船に引き返そうとして、自国の将校たちに撃ち殺された話をわたしに聞かせた。日本人の自己像を考えると、敵前逃亡は欧米人以上に受け容れがたい、面目を失うことなのだ。卑しい態度ではあの世で自分を待つ先祖にも顔向けできないとも考えられていた。このような考えがいまも一般的であるかどうかはわたしにはわからない。

敗者を軽んじる日本人の傾向により、日本政府が自らの軍の犯罪的な攻撃を認めるのは困難だろう。神道においても、自らの先祖が犯した過ちについて子孫が謝るということは認められていないのかもしれない。ビックス教授でさえ、〈武士道〉について定義づけを試みてはいない。だが、ヴァチカンが何世紀にもわたるカトリック教会のユダヤ人への攻撃を謝罪するまでに、ほぼ二〇〇〇年かかったことも忘れずにいたい。日本政府からの公式の謝罪をもうあまり長く待たずに済むよう、わたしは願う。何万人もの女性が従軍慰安婦として強制的に売春させられていたことについても特別に謝罪されねばならない。多くの慰安婦は朝鮮半島で強制的に徴募された。罪を認めたことの証としての賠償金は多くの女性にとっては、もはや時すでに遅しである。苦しみを受けた女性にとってはどんな多額の賠償金も十分ではないにちがいない。日本政府は戦後七十年近くのあいだ、国家としての慰安婦に対する謝罪と賠償金の要求に応じていない。それはいかなる宗教をもっていても決して許されない態度だとわたしは思っている。

トヨシマ中尉はわたしが出会ったなかで最も品行方正でまっとうな将校だった。平均的な日本人より少し長身で、姿勢には非の打ちどころがなかった。欧米人のような茶色の目で、整った顔立ちをしていた。いつも白い開襟シャツの上に灰緑色の軍服を颯爽と着こなし、茶色の編み上げ靴を履いていた。軍刀を身につけているのは公式行事のときだけだった。屋外では厚手の灰緑色の、ひさしのすぐ上に革紐のついた軍帽を被っていた。自分の職務に真剣に取り組むあまり、一度たりとも笑っている姿を見せることがなく、せいぜいほほ笑む程度だった。東アジア一帯は日本が支配するべきであり、ヨーロッパ人も日本の指揮下で平和に、友好的に、多文化社会に貢献できるものと確信していた。だが現実はまだそこに至っていないこと、とりわけ中国でこの理想郷の実現のために非人間的な暴力が行使されていることも、きちんと認識していた。日本のプロパガンダの犠牲者とみなすことはできるが、それにしてもその確信と献身は驚くべきものだった。マレー語の習得にも意欲的だった。彼もまた徴集兵として過酷な訓練を受けたにもかかわらず、わたしの知るかぎりは戦線に送られたことはなかった。たとえ送られたにしても、彼ならば軍人特有の粗雑さを身につけることはなかったように思う。

戦後何十年もたった一九九一年、わたしは日本の外務省に手紙を書き、どうすればトヨシマと、あるいは彼が戦死したなら彼の両親と連絡が取れないか尋ねた。存命の遺族にわたしがいまもなお彼のことを想っていると知らせたい旨もしたためたが、返事はもらえず、再度、問い合わせても無駄だった。

ナンシーが通訳を務めていたトヨシマの上司である正規陸軍大尉は、ぶっきらぼうでつまらない男だったらしい。五十歳前後、ずんぐりした体型、ユーモアがないのは軍で出世できなかったことに失望していたのかもしれない。マレー語を習う気もなく、英語も一言も話さなかった。トヨシマの誠実さは我々がマドゥラ島へ視察に行く際、わたしにホルスターに入った拳銃と弾薬を「必要なことがあるかもしれないから」と託してくれたことにも表れていた。マドゥラに関してはこんなことも記憶に残っている。島の唯一の鉄道を占領した際、一人の日本兵が島民と口論になり、射殺してしまった。わたしがそのことを知ったのはトヨシマがある朝、軍刀を着用した正装で事務所に現れたときだった。マドゥラまで謝罪に行くためだった。彼以外にそんな軍人が日本軍にいたとはわたしには思えない。

一九四二年三月末に通訳の任に就いてから二週間ほど経ったある夜、ウィム・ワイティングと名乗るオランダ人が我が家を訪れた。歯学を修めたばかりで、情報部に協力できる人を探していた。オランダ軍のすべての軍人以外、民間人はまだ誰も抑留所には容れられておらず、抑留所に関する情報もなかった。彼の意図は、ジャワ島上陸の際に多くの兵力を失わずに済むよう、日本軍の配置に関するデータを収集し、オーストラリアにいる連合軍に無線で知らせることだった。我々は連合軍が近々——とりわけ日本軍部隊の配置が明らかになれば——上陸することを期待していたのだ。わたしは協力を約束し、東ジャワにおける兵士と武器の列車による移送情報を伝えることになった。他に誰が協力しているかは教えようとしなかった。アンボン人のリマヘルという男が週に一度、夜に訪ねてきて、わたしの口頭による情報をもち帰るということだった。紙面に書くのはご法度だった。ワイティングとわたしの関係性を問われる状況になった場合には、チェス仲間だと口裏を合わせることにした。拳銃所持が明るみに出た場合には、住民間の暴動に備えるためと言うことにした。実際にそれが我々の目的の一つでもあった。日本人に事情聴取を受けても、連合軍上陸および終戦後、オランダ統治に戻るまでの不穏な時期を想定していたとは決して言えないと思ったが。

スラバヤで生まれ初等教育を受けたウィムは、町を熟知していた。両親は（父親はボルネオ・スマトラ会社に勤めていた）息子が中等教育をオランダで受けることを望んだ。戦前の東インドのオランダ人家庭では一般的なことだった。

ウィムはマーストリヒトにある両親の友人一家に下宿させてもらい、中等教育を終え、その後はスラバヤで評判の高かったインドネシア歯科医養成学校に通った。卒業試験の直前に日本軍の急襲があり資格を取りそこねたものの、オランダで一般的な歯科医教育よりも実際の治療の経験が多く、腕は確かだった。

ウィムが訪ねてくる前にわたしが拳銃を手に入れていたのは、ある日、近所に住む青年がベルを鳴らし、拳銃を買わないかと持ちかけてきたからだ。マドゥラ島の基地から連行される際、武器を手渡さねばならなかったわたしは、いつか必要となったときのために買っておくことにしたのだ。三年後、インドネシア人がオランダ人に対して暴動を起こしたときに必要となるが、憔悴しきった自分には拳銃をかまえることさえできないであろうことは、まだ知る由もなかった。急な家宅捜査でうろたえずに済むよう、わたしはコルトと弾薬一箱を帆布のようなものに包んでダンボールの円筒に入れ（プラスチックは当時まだ普及していなかった）、庭に埋めた。その後まもなく青年が、無灯火で自転車に乗っていたかどで憲兵隊に連行された。疑わしい印象をあたえた彼は憲兵隊のしきたりどおり支部で殴られ、他の犯罪も白状しなければ釈放しないと言われた。違反が一つ明るみに出たら、他にも違反している可能性が高いというのが憲兵隊――そしておそらくあらゆる捜査当局――の考えだった。実際、彼は憲兵隊にとって興味深い秘密をもっていた。連合軍上陸に備える若者の集団の一員、ということだ。連合軍部隊が到着したら武器を手に、地元の情報を提供して協力するとの意向だった。手荒い取り調べに対する心の準備がなく、あっさりと暴力に屈した青年は、わたしに拳銃を売ったことを自白した。他になにを自白したのかは知らないが、時を同じくして集団のメンバー全員が逮捕されていたことがのちに明らかになった。

数ヵ月後、勤務時間中にトヨシマに電話が入った。彼の応対を見ていて、自分のことを聞かれていることははっきりとわかった。

憲兵隊に連行され、戻ってきたときの鉄道員たちの真っ青な顔も記憶に新しく、憲兵隊に連れていかざるをえないとトヨシマに告げられたわたしは恐怖に慄いた。我々は黙って彼の車に乗った。トヨシマは受付でわたしを引き渡して帰るのではなく、当直将校との面会を求めた。わたしの背信行為が信じられず、通訳を失うことも避けたかったのだろう。よほどの勇気がなければ憲兵隊には立ち向かえない。無礼だと叱責されるぐらいでは済まないかもしれない。だがトヨシマはわたしを連れ帰ることはできなかった。当直将校との会話は別の部屋でおこなわれたので、その気になれば逃亡できたが、街で姿を隠すのは白人には不可能だった。

がらんとした待合室は三十歳前後の美しい、浅黒い肌の女性の存在によって、まるで映画の一シーンのような様相を帯びていた。脚を組み、はすっぱな感じで、別室に行っている将校の机の角に座り、煙草を吸っていた。互いにあいさつをした後は黙っていた。スパイだろうか？新米を見定める、あるいはそのかすのが彼女の役目なのだろうか？　残念ながらそうではなく、彼女も逮捕され、ちょうど煙草を吸う機会を与えられていただけだった（監房内は禁煙だった）。女性にはこのようなちょっとした特権が与えられることがよくあった。彼女は一年半前にわたしの鼻骨を治療した耳鼻科医エンゲレンの妻だった。なにかによって憲兵隊の疑惑を招いてしまったのだ。のちに軍律審判にかけられ投獄されたが、幸い彼女は生きて出ることができた。

4　捕えられて

　十分後、落胆したトヨシマが戻ってきたあと、わたしは監房に連れていかれた。すでに八人が容れられており、ほとんどが白人だった。彼らは地面に座り、四人ずつ向かい合い壁にもたれていた。わたしのために五十センチほどの場所が空けられた。監房は約三×五メートルの大きさのものが六部屋並んでいた。二十メートルほどのまっすぐな廊下から、監房の正面にある低いドアをくぐり、中に入る。正面の壁とドアは看守がいつでも覗けるように木製の格子でできていた。監房の間の壁は石でできており、白い漆喰が塗られていた。床はセメントだった。監房を出るとき看守に飛びかかったりできないように戸口は低くなっていた。唯一の備品は内側に金属の貼られた木の箱で、それが便器だった。毎日、監房の裏手にある中庭で、休憩の際に二十分間、水道で体を洗うことができた。アラン・グルーム（英国空軍の中佐から飛行基地司令官となり、マラッカ、スマトラを経由してジャワ島で捕虜となったオーストラリア人〉は、外にいる二十分の間に、衣服を洗濯する方法を教えてくれた。気温が摂氏三〇～四〇度もあったので、よく乾いた。

アラン・グルームが拘置されていた理由はのちに本人から聞いた。拘留された理由を自分から話す者など誰もいなかった。相手がスパイでないという保証がないからだ。そのことは拘留されているあいだじゅう、わたしの頭の片隅にも常にあった。グルームは司令官という立場から、脱走の指揮を取らないよう、捕虜抑留所から連れてこられていた。英兵は脱走を試みるという評判だったのだ。オランダの司令官に同様の処置が取られたとは思えない。グルームはスラバヤの憲兵隊の留置所に容れておくのが妥当と考えられたようだが、なんの罪も犯していないため、のちに移送されたどの刑務所でも大目に見られていた。グルームはよくその特権的立場を利用して他の拘留者を助けてやっていた。心身ともに強靱な彼は健康なまま終戦を迎えた。同じ監房にいた拘留者のなかで他に記憶に残っているのはロール氏だけだ。オランダ人で、長いヒゲをたくわえていたため、信頼のおける人物であるような印象を受けた。

わたしはロール氏の右隣に座らされた。彼の頭上にはつぎのような格言が黒い太字の活字体で書かれていた。〈人は多くの場合、実際には受けることのない苦痛を恐れる。それゆえ人は神がもたらす以上の苦痛を抱える。〉話すことを禁じられ、たまにささやく以外は無言で隣り合い、向かい合って座る満員の監房の陰鬱さのなかで、この格言はわたしの神経を逆撫でした。思っているほど苦痛はひどくないから恐れるな、という趣旨だったが、収容された翌日、手荒い尋問を受けて誰かが叫び声を上げているのを聞いたとき、格言はたちまち威力を失った。

日中、壁にもたれて座っている分には比較的ゆとりがあったが、夜、横になると缶詰の鰯のように重なり合って眠らざるをえなかった。女性の監房は一室しかなかった。私語は禁じられていたが、看守が廊下を歩いている気配がないときにはこぞってささやき合った。見つかると監房から連れ出され、数発殴られた。一度だけ、罰として夜、横になることを禁じられた。三十時間ほど経過した夜半、薄明かりが一晩中ついているなか、アラン・グルームがわたしの代わりに立ってくれることになった。彼は大目に見られているので、翌朝二人とも罵倒されるだけですんだ。尋問は備品のほとんどない部屋で、たいていひざまずいて椅子を頭上に掲げさせられておこなわれた。椅子を下ろすと蹴られるか、刀のさやで叩かれた。それがどんなに痛くても、もっとも苦痛だったのは疲労と完全なる無力感のほうだった。尋問の手法は、何日間にもわたり延々と幼少時代からの経歴を繰り返し尋ね、突然、名字と名前を出してきて、その人物を知っているか尋ねる、というものだった。自分が知らないと言った人物が自分を知っていると自白していた場合には、どういう事情か問い詰められる。場所や日付に関する単純な質問もあり、複数の被尋問者の答えが異なる場合、それだけでは有罪の証拠にならないまでも、疑わしい関係が浮き彫りになった。二人の敏腕尋問者はこの方法で驚くほど多くの事実を突き止めていた。極端な手段を取ることなく、数週間後には七人の集団が情報局の形成を目的に連絡を取り合っていたことがはっきりした。証拠物件がなにもなかったので疑惑だけだった。全員が仲間のうちの一人か二人と連絡を取るのみだったので、我々自身、他に誰が関与していたのか知ったのは、のちにジャカルタで日本軍の軍律審判にかけられたときだった。

我々はすぐに、疑う余地のないアマチュアだと判断されたため、尋問の手段があれこれ変わることはなかった。日本軍占領の最初の数ヵ月、我々は連合軍への協力の準備をしていただけで、行動には至っていなかった。尋問者は我々を手荒な尋問で自白させるより、時間をかけて消耗させようとしていた。

一度、中庭でとても嫌な尋問を受けた。わたしは机に座らされ、サイトウという名の男がその前の椅子に座っていた。右手に鉄製の火かき棒のようなものをもっており、それで数秒に一度、わたしの左のひざを叩いた。強くはないが、繰り返し叩かれた。わたしの話の細部を聞き

新潮社
新刊案内

2014 7 月刊

悟浄出立《ごじょうしゅったつ》

新しいマキメワールドは、かくも深く、かくも玄妙だった——あの名作の「脇役」たちが、もし主役になったとしたら？ 隠されたドラマをあぶりだす連作集。

万城目 学
7月22日発売●1300円
336011-7

すえずえ

「しゃばけ」シリーズ最新作！

若だんながついに嫁取り!? めでたいけど、仁吉佐助、妖たちとお別れなの？ いつまでもこの日々が続くと思っていたのにな——新展開のシリーズ第13弾！

畠中 恵
7月31日発売●1400円
450719-1

疒《やまいだれ》の歌

中卒で家出した後、怠惰の泥沼に嵌り込んでいた十九歳の北町貫多は、横浜で人生の心機一転を図ろうとした——。『苦役列車』に連なる日々を描く長篇。

西村賢太
7月31日発売●1500円
303236-6

徘徊タクシー

この世にボケ老人なんていない。彼らは記憶の地図をもとに歩いているんだ。『独立国家のつくりかた』の著者による新しい知覚と希望に満ちた痛快小説！

坂口恭平
7月31日発売●1300円
335951-7

2014年7月新刊

いま生きる「資本論」

佐藤 優
7月31日発売●1300円

それは革命の書ではない。窮屈な新自由主義社会のカラクリを知り、人生を楽にするための知恵の書だ。多くの受講生が抱腹し感激した熱血「資本論」講座完全採録。

475207-2

猟師の肉は腐らない

小泉武夫
7月18日発売●1400円

猪を狩り、魚を釣り、保存食を作り、冬に備え、身を守る。厳しい自然と生きる猟師と共に暮らし、受け継がれた様々な工夫と知恵を学んだ、驚きの体験記。

454804-0

親の「その一言」が

92-2

新潮文庫 7月の新刊

※表示の価格には消費税が含まれておりません。出版社コードは978-4-10です。

至高のロング・インタビュー！

小澤征爾さんと、音楽について話をする【小林秀雄賞受賞】 小澤征爾 村上春樹

指揮者と小説家、深い共感の中で語り尽くされた音楽の魂とは。●710円 100166-1

ポニーテール 重松清

家族のはじまりの日々を優しく見つめる物語。●630円 134932-9

楽園のカンヴァス【山本周五郎賞受賞】 原田マハ

一枚の不思議な絵をめぐる傑作アートミステリ！●670円 125961-1

何があっても大丈夫 櫻井よしこ

前向きに、自分を信じて。若き日の葛藤を綴った初の回想録。●670円 127229-0

晴天の迷いクジラ【山田風太郎賞受賞】 窪美澄

死を願う三人がたどり着いた風景は――。●670円 139142-7

森見登美彦の京都ぐるぐる案内 森見登美彦

森見作品の名場面×特別エッセイ二編。新感覚の京都ガイド。●520円 129054-6

呪いの時代 内田樹

「呪詛」の時代を生きる叡智とは何か。渾身の〈日本論〉！●590円 126061-7

無常という力―「方丈記」に学ぶ心の在り方― 玄侑宗久

フクシマに暮らす作家・僧侶が説く「方丈記」的生き方のすすめ。●400円 116656-8

古代史謎解き紀行II―神々の故郷出雲編― 関裕二

神話の世界に隠蔽された出雲の謎。謎を解く鍵は「鉄」にあった！●550円 136477-3

日本の聖域《サンクチュアリ》アンタッチャブル 「選択」編集部編

この国に巣食う闇を暴く！会員制情報誌の名物連載第二弾！●590円 127242-9

つながる脳【毎日出版文化賞受賞】 藤井直敬

単独から社会性へ。理研期待の俊英がひらく脳科学の新時代。●590円 125981-9

RIDEX2 オールカラー！バイクコミック 東本昌平

走り続ける大人たちへ。オールカラー・バイクコミック第2弾！●710円 125852-2

和名の由来で覚える300種 **高山の花ポケット図鑑** 増村征夫

6124-5

「革命」は[…]
私たち[…]

キャンセル待ち続[…]

▼7月31日発売◎1300円 978-4-10-475201-[…]

[…]ニズムの快[…]
[…]編二作を収録。

[…]メラと写真をモチーフにした名手のホラー小説集。
[…]死者が明るく和やかな顔で写るようになった。

高橋克彦
7月22日発売
●1400円
324942-9

闇に消えたウラン、暗躍するCIA、ほくそ笑む大国、ハメられる日本。佐賀、米国、中東を結び、原発建設に仕掛けられた密約の構図を描く大型エンタメ！

徳本栄一郎
7月31日発売
●2000円
304833-6

忘却のレーテ

昨日会った人のことも起こった殺人も忘れさせる――記憶を消去する薬「レーテ」。外部との接触が断たれたその実験施設では、いったい何が起こっているのか？

法条 遥
7月22日発売
●1500円
336031-5

サイレントステップ

本城雅人
7月22日発売
●1700円
336051-3

よい旅を

新宿で起きた未曾有の大暴動。常識が破壊されたその場所を、少女は目指す。最愛の恋人に思いを伝えるため――純粋で残酷な〝希望なき時代〟の青春小説。

ウィレム・ユーケス
長山さき［訳］
7月31日発売●1600円
506771-7

元日本軍通訳である98歳のオランダ人が語る、戦前の神戸、蘭領東インド、日本軍刑務所での苛酷な日々。戦争の記憶を未来の平和に繋ごうとする回想録。

山本周五郎長篇小説全集

第十七・十八巻 天地静大（上・下）

何を為し、いかに生きるべきか！ 激動の幕末、時代の大波に揉まれ苦悩する東北の一小藩の若者たちの姿を通して、人間の強さと弱さを見つめ心に響く傑作。

山本周五郎
7月25日発売
●各1500円
644057-1,58-8

小林秀雄とその戦争の時

『ドストエフスキイの文学』の空白

従軍記者を志願してまで、あの「戦争の時」に深々と食い入り、『悪霊』の作[…]

山城むつみ
7月31日発売
●2300円
335991-3

[…]8-4-10です。

学びが自立につながる子か[…]

幼・小学生篇　中・高校生篇

マデリーン・レヴィン　片山奈緒美［訳］
7月31日発売●各1400円

その成功観が子の可能性を潰す！ 難しい思春期を乗り越え、わが子に適した価値観を家族で共有するには？――最後まで読めばもう子育てには迷わない。

[…]50[…]

保存版
僕が家族に作りたい毎日の家ごはん

コウケンテツ
7月31日発売●1200円

カリッとジューシーなから揚げ、ふんわりハンバーグ等の定番料理のコツ、簡単で美味な野菜おかずなど超充実、毎日使える和・韓・洋・中レシピ集！

336071-1

「十二国記」画集

7月31日発売●3000円

大人気「十二国記」シリーズの壮大な世界観を彩る絵師・山田章博の美麗なイラストを、A4変型判の大迫力で再構成！〈第一集〉は初期作品を収録。

[…]1-9

アラスカへ行きたい

石塚元太良／井出幸亮
7月31日発売●2300円

圧倒的大自然とアメリカ史の爪痕――〝最果ての地〟に魅せられた新進の写真家と編集者による文化誌にして本邦初のガイドブック。写真・地図も多数掲載。

335771-1

■新潮ムック
振袖日和2016

8月1日発売●1000円

一生に一度の大切なイベントだから今から準備！ 注目の新作振袖、話題の帯結[…]

790239-9

出そうとしていたのだろう。痛みに堪えられずに自白するのではなく、苛立ちからなにかを洩らしてしまうことを目的としていた。長く後遺症に苦しむことになったのは、この尋問だけだった。痛むひざをかばい、脚を引きずって歩くようになった。それなりにバランスを取って歩く方法を見出したので、その後の刑務所での日常にひざのことで不便を感じた記憶はない。戦後もたまにひざが痛むことはあったが、長くはつづかなかった。

二十年ほどのちにカイロプラクティックでストレス治療を受けた際、脚を引きずって歩いていたのは左脚が右脚より一センチ短いからだと聞いたときには驚いた。施術師がアシスタントと二人がかりで、わたしが叫び声を上げるほど強くねじって歪みを矯正してからは、うまく歩けるようになった。

ひどい拷問はなかったが、一つだけ例外があった。数人に適用された水攻めだ。二人の男に梯子に結びつけられ、口からホースで水を流し込まれる。気を失うと梯子を逆さにして、意識を取り戻すまで水を吐かせる。それから尋問を再開するのだ。わたし自身は、サイトウがこれをやろうとしたとき助手がいなかったために、苦難を免れた。わたしが水攻めの危機にさらされたのが一度だけだったということは、水攻めがスタンダードな尋問法ではなく、尋問者が自白の一歩手前と判断した際にのみ適用されていたことを示している。いずれにしてもわたしには我々が連合軍に協力しようとしていたことしか話せなかったのだが。とにかくこの水攻めに遭わなかったことをありがたく思う。我々のグループでもっとも頑強だったフランス・ベルティングは水攻めで耐久力の限界まで追い詰められたと言っていた。犠牲者の叫び声がどの監房からもよく聞こえるので、格好の見せしめでもあった。ごく数人の拘留者だけが、より残虐な手段で尋問を受けた。急を要する重要な情報を隠している疑惑がある場合だ。だが尋問者はきちんとそのための教育を受けた専門家で、むやみに殴るようなことはなく、必要な手段を有効に使った。もっともひどい拷問がどんなものであったのか、わたしは知らない。自分から聞いたことはなかったし、誰かが話すこともなかった。日本の占領軍はオランダ領東インドで、将来、永続的な日本の占領下でオランダ人と協力関係を築けるよう、あまりにひどい行動はつつしむように上から指示されていたにちがいない——そうわたしは確信している。戦時であるうちは容赦はしない。占領の第一段階に、人口密度の高い地域を少人数でおさえるには、恐怖心を植え付け、違反者は手荒く取り締まることが必要だ。そこから徐々に日本の植民地化の良さを伝道していくのだ。

日本人あるいは朝鮮人の見張りがオランダ人女性の抑留所でしばしば残忍であったのは、日本での女性の地位が完全に男性より下であったことに関係している。夫が妻を殴るのはなんの問題もない行為とされていた。オランダ人女性は日本人の目から見て、生意気で頑固に映ったにちがいない。見張りに対してお辞儀をする習慣もなく、命令されたときのみいやいやお辞儀をするのも彼らの気に障った。オランダ人男性も同様だった。わたし自身は、日本の礼儀作法を心得ていたことが拘留者としての振る舞いに役立った。尋問と罰は他の拘留者と同じであったものの、それ以外には毎日、近くの食堂から配達される夕食の分配などをさせてもらう、特権的な位置にいた。気分転換になったし、多めに、かつ良いところを食べることができた。

看守と拘留者の間の単純な通訳も、終わりのない単調な日々と絶え間ない緊張感から抜け出す機会となった。食事の質にはばらつきがあり、まずまずのときもあればひどいときもあったが、たいていは我慢のできるものだった。指で食べ、必要であればズルズル吸い上げることもあった。ハンカチがナプキン代わりだった。朝なにを食べていたかは思い出せない。おそらくはパンだったのだろう。

もっとも堪えがたかったのは毎日毎夜、同じ場所に、摂氏三〇〜四〇度のなか、他の囚人とくっつきあうようにして床に座るか寝るかしつづけなければならないことだった。いつ尋問を受けるか緊張して待ち、別の誰かが尋問のあと憔悴して監房に戻ってくると自分も意気消沈した。唯一、気分が変わるのは毎日二十分間の沐浴およびトイレの時間、そして尋問の時間のみだった。休憩時間に見張りの机から煙草をくすねることができると、誰かのもっているマッチで監房で吸った。監房は禁煙だったので、煙はなるべく奥の上窓に向けて吐き出した。全員で回して吸ったが、見つけられた記憶はない。時間つぶしにささやき声での会話もよくおこなった。アラン・グルームはわたしと英語で話せることを喜び、記憶ゲームを考え出した。毎日、その日の一年前、あるいは何年か前にあったことを思い出すのだ。一度、〈人は自分にできるかぎりにおいて正直である〉という格言を彼に聞いたときにはショックを受けた。たしかにそれはほとんど例外のない真実だが、とてもシニカルだと思ったのだ。人はどんな状況であろうと、正直であるべきではないか。当時のわたしはまだ自分が望まぬ真実を受け容れることに抵抗があった。いまではかなり受け容れられるようになったが、やはり抵抗がある。

監房での生活は気力を奪うものだったが、独房はもっと堪えがたかったろう。わたし自身、独房に容れられたことはなかったが、読み聞きした話からそう確信している。物事はすべて相対的なものなので、悪いことが起こったときには（これは本当にそんなにひどいことなのか？）と問うこともできる。上には上があるのだ。

当直の将校の一人は、ジャワ島とオランダ人共同体に関する情報を得るために、何度もわたしを呼び出した。会話は時に（将校の必死の努力で）英語とマレー語を交え、主に日本語でおこなわれた。わたしの日本での記憶についても聞かれたので、からんころんと道に響く下駄の音や、長い着物を着ているために小股で歩く女性、週末に何時間も散策した神戸の山の手の寺の鐘の音、神戸と大阪の間の海岸でのヨット乗りと日光浴、塩屋での海水浴などについて話した。

彼のほうでも満州での過酷な軍事訓練の話をした。堪えられずに自殺をした仲間もいたそうだ。そんな訓練を受けたあとに、まともな人間的な尺度をもちつづけることができる人はほとんどいないだろう――わたしはそう気づいた。

別の夜に彼は、一時間前に女性の監房でなにがあったかわかるか、と尋ねた。バケツの水をかけたような音がした、とわたしは答えた。女性の監房から話し声が聞こえ、現場を取り押さえたのだそうだ。「それでどうしたと思う？」「バケツの水をかけてやったんだよ」とのことだった。オランダ人には女性を殴る習慣がないから殴ってはならないと指示を受けていたので、それはいい方法だとわたしは言った。気温が高いから水は望むところだろうし、オランダ人が女性を殴らないのも本当のことだったので。

日中に、尋問以外の目的で呼び出されることも何度かあり、オランダ人の中佐がスラバヤの捕虜抑留所で外部の人間と接触していた疑いで尋問を受ける際の通訳もさせられた。中佐があまり屈辱を感じないように割愛して通訳したこと、オランダ軍高官に対するわたしの尊敬の気持ちを傷つけられたことを覚えている。だがサイトウはわたしの仕事に満足したようで、二度目の通訳のあと、スラバヤ憲兵隊の常任の通訳にならないか尋ねられた。憲兵隊やその他の日本人に対する感情から、断わることにためらいはなかった。

三ヵ月あまりたったある日、監房から呼び出され、尋問の要約を確認して指紋押捺するよう言われた。報告書は日本語で書かれていたので、形式上の手続きにすぎなかった。拘置所に容れられてからちょうど百日後の一九四二年十月三十一日、わたしは他の八人の囚人と三人の憲兵隊看守とともにバタヴィア行きの列車に乗せられた。看守の一人がナンシーに移送を連絡し、出発の数日前の午後に会えるよう取り計らってくれたので、監房の裏手の金網ごしに話をすることができた。会えるとは夢にも思っていなかったので、涙があふれた。一歳になったばかりの娘も乳母車で連れてきていた。数ヵ月後、ナンシーは他のすべてのオランダ人女性同様、抑留所に容れられた。妻と娘に再会できたのはそれから三年後のことだった。

移送の数日前に一人ずつ理髪師のいる部屋に連れていかれ、自分の好みどおりにヒゲを整えてもらった。頭はみな丸刈りにされた。変な感じだったが、蒸し暑い気候にはあっていた。わたしは顎ヒゲを剃ってもらい、多少貧弱ではあったがきれいに長く伸びていた口ヒゲは残しておくことにした。こうして顔を整えてもらい、我々は警備のもと、行進してトラックに乗り込んで駅に向かった。二人ずつ手錠でつながれていたので、乗り降りは容易ではなかった。列車内では手錠をはずさない約束だったが、わたしが他の拘留者の同意を得て通過駅で逃亡を試みないことを誓うと、半時間後にはずしてもらえた。占領者である日本人をひどく恐れるインドネシア人に、我々白人がかくまってもらうのは、どの道、不可能なことだった。

一般の旅客の乗る、満員でない列車での旅は、我々にとっては格好の気晴らしだった。出発にあたってわずかな所持品を返してもらったので、ソックスと靴を履いていた。途中の駅では菓子とバナナを買うことも許された。たしか丸一日、列車に乗っていたと記憶している。

バタヴィア（ジャカルタ）の駅からは小型バスで日本軍の軍律会議場の裏にある拘置所へ連行された。所内にはまっすぐな廊下の左側に、十八室の監房が並んでいた。廊下の右側はほとんどが木の柵になっており、外に約十五×三十メートルほどの、まわりを木の塀に囲まれた空地が見えた。監房はどれも奥行きが約四メートル、幅も四メートル前後で部屋ごとに少し異なっていた。最初の数部屋には日本人が、それ以外の部屋にはほとんどオランダ人と中国系住民が容れられていた。十八号室は病人用の監房だったが、わたしの記憶にあるかぎり、病人の手当てはおこなわれていなかった。自然に治らない場合はチピナン刑務所の病棟に送られた。監房に容れられる前にがらんとした事務所でわずかな所持品――ズボンとシャツの他、ヒゲ剃り道具、歯ブラシ、歯磨き粉、持っている者は石鹸――を預けさせられた。

我々を出迎えたのは優美な口ヒゲの憲兵隊の当直将校だった。短い口ヒゲを生やした日本人はいたが、こんな見事な口ヒゲは珍しかった。わたしを見たとたん腕を伸ばしてわたしを指さし、彼は叫んだ。負けた奴がヒゲを伸ばすとは何事か、と。ちょびひげなら問題ないが、優美さをおびやかす相手は許せなかったようだ。すぐに彼は〈クミス〉(マレー語でヒゲ)というあだ名で呼ばれるようになった。

その後はもう何度も聞かされた話がつづいた。我々が敬意をもって扱われることはない、死ぬまで戦うことなく降伏した者に生きる権利はないし、よい扱いを受けるなどもっての外だ、という話だ。軍人ならばそうだろう。我々全員が軍人であったわけではないが、それについて議論をする時間でも場所でもなかった。

話を聞かされたあと、監房に連れていかれた。わたしの記憶では一部屋あたり八〜十人、収容されていた。廊下の半ばにある簡易洗面所の棚に、ヒゲ剃り道具と歯ブラシを置いた。わたしはウィム・ワイティングとともに十六号室に容れられた。備品は蓋のついた、長方形で内側が亜鉛の木箱だけだった。これが便器――WC(ウォーター・クローゼット)ならぬただのCだった。どれほど早く人前で用を足すことに抵抗がなくなったことだろう。食事中に便座に飛び乗るはめになったときには、みなきまりが悪く、不快ではあったが。床は粗末な木板でできていた。最初の数ヵ月、我々は顔を窓に向け、あぐらを組んで座っていた。窓は、見張りが中を覗いて我々に話しかけられるよう、ガラスではなく虫よけ網のついた格子窓になっていた。窓の横には食事の入ったエナメルの皿を渡す小窓付きの木のドアがあった。約一メートルの間を空けてジグザグに座らされたので、ささやき合うのはむずかしく、私語は禁じられていた。見張りがふつうの靴を履いていれば廊下を歩いてくるのがわかるので、ひそひそ話は容易にできた。一九四三年三月に日本軍の軍事司法当局の看守が配属されると、彼らはゴム底の靴を履いていたため、足音が聞こえなくなった。寝るときは脚を伸ばして床にそのまま寝た。木張りの床になにも敷かずに寝るのはひどく寝心地の悪いものだった。横向きに寝るのは禁じられており、夜じゅう点いたままの裸電球が、薄汚れた漆喰の壁にくすんだ光を投げかけるのが睡眠の邪魔だった。朝六時に起床のベルが鳴ると、二人組で便器を廊下に運び出し、廊下のつきあたりにある下水溝に汚物を流した。見張りに急きたてられて小走りにならざるをえず、汚物がこぼれて不潔きわまりなかった。監房ごとに洗面所で顔を洗い、歯を磨き、次第に切れ味の悪くなるシェーバーでヒゲを剃った。コップもあったはずだ。シェーバーから刃をはずしてコップの内側にこすりつけ、切れ味を保っていたのを覚えている。

基本的には毎日一時間、十五×三十メートルの空地で休憩できることになっていたが、実際には日によって、その日の見張りの気分で内容が異なった。穏やかな見張りの一人――〈ディック叔父さん〉というあだ名から、我々がむやみに怒鳴ったりしない彼を快く思っていたことがうかがえる――はよく一時間、静かに外に座らせてくれた。私語は禁止だったが、我々は当然、密かに話そうとした。一度、彼はわたしが話しているのを目撃し、黙っているよう命じた。その後すぐ、わたしがまた話をしているのに気づいた彼は自分の元に呼び寄せ、拳骨で殴った。下あごの歯冠が壊れたが、倒れることはなかった。彼の言うことさえ聞いていれば、怒鳴られることも説教を聞かされることもなかった。他の多くの看守ではそうはいかなかった。彼らには整列して空地を何周も――時には倒れるまで――速足で歩かされた。倒れると、立ち上がるまで殴る蹴るの暴行を受けた。しばらくしてふたたび倒れると、看守の気分次第でそのまま突っ伏していることができるときと、ふたたび暴行を受けるときがあった。わたし自身は幸い、倒れたことはなかったが、それにしてもとても悲惨な体験ではあった。

クミスが見張りのときには威張り散らして大変だった。一度など、休憩のときに柔道をするからかかってこい、と言ったことがあった。我々の体調を考えると公平ではなかったが、クミスは力こぶをつくり、均整の取れた体を見せつけた。だが誰もその誘いにはのらなかった。片言のマレー語で、中国で仲間の兵士とともに二人の中国人ゲリラを追跡した話をはじめた。山間部での過激な攻防で、一週間後にようやく困憊したゲリラが降伏した。何日もほとんどなにも食べていなかったクミスと仲間の兵士には中国人ゲリラを殺し、体を焼いて食べる以外になかった。残酷な結末に至るまで、クミスは職業軍人の誇りに満ちた顔で話して聞かせた。

別の日には見張りが――やはりクミスだったかもしれない――サッカーボールとメガホンのようなものを持ってきた。片方の口は狭く、もう片方の口は直径二十五センチほどあった。我々は一人ずつボールを蹴って空地を往復するよう命じられた。ただし、メガホンの広いほうの口を顔につけ、狭いほうの口から覗くという視野が限られた状態で。

気をつけて蹴ったつもりでも、すぐにボールの行方がわからなくなるので、ヘンな鼻がついているような姿で身をかがめ、地面を探さねばならない。往復するにはかなりの時間がかかった。あのときほど腹を抱えて笑ったことはない。この体験をとおして、わたしはなぜ貧しい人々が、我々の目には子どもっぽく映るような楽しみに興奮できるのか、つまらない冗談に大笑いできるのかを理解した。毎日、酒が飲めない状況では、一口飲んだだけで十分、陽気になれるものなのだ。

時には休憩時間に草むしりをさせられることもあったし、三十分、行進させられることもあった。見張りが面倒がって一日、外に出してもらえないのは不快だったが、それでも一時間、横暴な見張りと外で過ごすよりはましだった。

軍律会議の監房での時間は単調なものだった。看守のほうもあまりの退屈さに我慢がならず、囚人に話しかけてくることがあった。当然、日本語の話せるわたしが相手に選ばれた。話しかけられるやいなや、わたしはあぐらをかいた姿勢から脚を伸ばさせてもらえるように頼んだ。相手が規則を破っているのだからこちらも破るのだ。わたしといっしょに他の囚人も脚を伸ばすことができた。彼らは自分たちの占領した国のことと、インドネシア人およびオランダ人について知りたがった。簡単なマレー語も学ぼうとしていた。ある看守はオランダの歌を聞かせてくれと言い、我々は〈ピット・ハインと銀の艦隊〉〈オラニエの名のもとに〉など、いくつか歌って聞かせた。それからわたしが一人で〈ゴッド・ブレス・アメリカ〉を歌うと、看守は眉をしかめ、〈アメリカ〉という歌詞に不満を示した。

ある日、看守が我々に日本軍の占領についてどう思うか、尋ねてきた。わたしはそれに関して意見を言う気にはなれないと言った。言ったことが気に入らなければ監房から引きずり出され、殴られるからだ。看守がそうしないと誓ったので、わたしは東洋人にはうまく通じない比喩を用いてこう話した。我々の目には、小さな家に住んでいる男が大きな家の前を歩いているときに誘惑に負けて中に入ったように見える、と。看守の顔は怒りで真っ赤になった。「きさまらは俺たちのことを侵入者だと思っているのか⁉　ドロボウ呼ばわりするんだな！」わたしは最悪のシナリオを考えた。その瞬間、交替の看守が着いた音が聞こえた。わたしに質問をした看守が、興奮して話をしている。これでわたしも終わりだ、と思った。交替の看守はわたしとはなにも約束していない。彼はわたしを罰するにちがいない。だが、彼はわたしをじろりと睨んだだけで、なにもしなかった。我々はまた全員、きちんとあぐらを組んで座った。その件はそれで終わりとなった。看守は〈俺は殴らないと言ったが他の看守が殴らないとは言わなかった〉ではなく、〈殴らない〉という約束を守ってくれたのだ。

わたしの包み隠さぬ発言は、（たとえ死刑にならないとしても）将来の展望を一切、欠いており、拠りどころがないことの表れでもあった。明日、殺されるかもしれないという差し迫った恐怖もぼんやり感じるだけだった。太平洋および欧州での戦況の情報がないため、具体的にイメージできるのは過去の状況のみだった。過去に戻るためには、まず戦争を始め、〈家〉を盗んだ侵入者が消え失せなければならなかった。

〈後記〉だが我々オランダ人はそもそもインドネシアとどういう関係にあっただろうか？我々も三百年前に非合法に国を盗んだのだし、統治期間中、常にインドネシア人に公平な態度であったとは言い難いのも事実だ。

当時の記憶として、オペラ〈カヴァレリア・ルスティカーナ〉のピアノ曲が、我々のいた小さな拘置所の裏手にあった家から、毎日のように聴こえてきたことを覚えている。弾いていたのが地元の住民か、クラシック好きの日本人であったのかは永遠の謎だ。延々と繰り返される曲を聴きながら、我々拘留者へのメッセージが含まれているのだろうか、と考えたものだが、いまだにわからない。それは、我々がおそらく二度と見ることのない世界からの音だった。自分たちが死刑を免れるとは考え難かった。一日中、不安に怯えているわけではなかったが、想定内に死刑があるという意識は、まずは妻と子どもから引き離され、わずかな所持品も取り上げられた我々に諦観の念を抱かせた。不自然で消耗させる集団隔離のなかで、我々は肉体・精神の両面で徐々に損なわれていった。

裁判の日には、囚人の一団が廊下を歩いて出ていくのを（監房の位置次第で）見るか聞くかした。死刑囚には自らの監房で最後の夜を過ごすことは許されなかった。おそらく集団で暴動を起こすのを避けるためだったのだろう。彼らは手錠をかけられてそれぞれ別の監房に容れられ、翌朝、手錠をかけられたまま処刑場に連行された。

死刑囚がはじめて我々の監房で最後の夜を過ごしたときにはひどく気が滅入った。彼は粗末な食事に手をつけず、わたしは自分の食事を指で口に入れ、呑み込むのに苦労した。二度目にはすでに少し慣れ、死刑囚が手をつけない食事を同室の一人が食べてしまったことも変には思わなかった。三度目には自分も手のつけられていない死刑囚の食事を皆と分け合って食べた。生きのびるためにはそれほど早く鈍感になるものなのだ。

我々の監房で最後の夜を過ごした死刑囚の一人、デ・ランゲ陸軍大尉の要望で、わたしは見張りに紙と鉛筆を借りた。自分自身およびともに死刑になる者たちの恩赦を求めるためだった。大尉がそのようにしたのは死への恐怖だけではなく、仲間と家族に対する義務感からでもあったにちがいない。一縷の望みも虚しく、翌日、大尉は我々に激励の言葉をかけ、威厳に満ちた顔で監房をあとにした。彼の処刑の様子は想像できた。ある日、見張りの一人が暇つぶしに我々の監房の前に立ち、ジェスチャーで処刑の真似をやって見せたのだ。なんとも凄まじいものだった。それでも、見張りたちはカトリックの司祭たちが恩赦を受けたときには喜んでいた。地味な修道服を着た男たちが平然と我々の窓の外を歩いてくるのを見た。しばらくすると廊下のつきあたりにある待合室から歓声が聞こえた。一分後には司祭たちがまた平然と我々の横を通り、自分たちの監房に戻っていった。

看守の一人がある日、なぜ日本が征服に出ざるをえなかったのかを我々に説明した。経済的動機はきちんと論理だっており、メディアをとおして国民に叩きこまれていたと思われる。だが彼の話はまったくちがう方向に進んだ。きさまらは俺たちが黄色人種だから下等だと思っているのだろうが、心のなかはきさまらと同じくらい白いんだ、と言ったのだ。おそらく――時間は経っていたが――、わたしが〈侵入者〉の話で怒らせたのと同じ看守であったと思う。これは、人種のちがいがここでも我々の関係性にどれだけ大きな影響をあたえているかを明らかにする発言だった。オランダ領東インドの日本軍最高司令官がオランダ降伏の翌日におこなった宣言には、以下のような人種主義的見解が含まれていた。「……人種的には日本人と同じ民族であるインドネシア人の運命を好転させること……」。

だが中国人に対する態度は、この肯定的な人種主義の対極にあるものだった。最初は上海、のちに南京で起こった大虐殺では数多くの（女性や子どもを含む）市民が殺された。他方、マラッカのイギリス兵捕虜はその数ヵ月後、まったく異なる扱いを受けた。我々の目から見ればひどい虐待ではあったが、上海や南京とは比較にならなかった。二十世紀初頭の日露戦争におけるロシア兵捕虜は海戦敗北後、ホテルの宿泊客なみの厚遇を受けたという。海軍と陸軍の体質のちがいによるのかもしれない。いずれにせよ、人間の潜在的な嫌悪感、恐怖感、羨望といった感情は、教化、プロパガンダ、指導等によって効果的に強められる、操作可能なものである。

解放から半世紀以上、経ったいま、こうした事柄について哲学的思考をめぐらすのは興味深いが、それが起こっている瞬間には、頭の中はまったく別のことで満たされていた。今日はどんなことが待ち受けているだろう？　味なしのご飯にアヒルの卵が半分か塩漬けの魚がついているだろうか？　おかずは徐々に減っていった。卵はカルシウムを摂るために殻も食べた。ときには壁の石灰を削り、食事にかけたり混ぜたりして食べることもあった。シラミの被害も出はじめた。壁のヤモリを何時間も眺める以外、面白いものはなにもなかった。ひどい臭いがしていたはずだが、（少なくともわたしは）気にならなかった。見張りがなにを食べたかは匂いでわかった。とりわけ柑橘類の匂いはわかりやすかった。

一九四三年三月半ばに看守の交替があり、日本軍の軍事司法当局の看守が担当することになった。それまでの看守の下ではまだ気分転換ができることもあったが、新たな看守の下では一切なくなった。格子状の窓を見る代わりに全員、九十度向きを変えさせられて、一日中、薄汚れた壁を見ていなければならなくなった。我々に対する態度は前任の看守に比べずっとひどいものだった。精神が消耗していく様子は筆舌に尽くしがたい。我々自身、もはやそれをはっきり自覚できなくなっていた。

一九四六年、我々の拘置所の三人の看守に死刑宣告を下したバタヴィアのオランダ暫定軍法会議の判決書には、我々が八ヵ月にわたり昼夜、苦しめられつづけたことが一分で読める内容に要約されていた。「……彼らは以下の理由で戦争犯罪を犯したとみなされる。戦時法と慣習に反し、裁判を待つ者および裁判後に軍律会議の監房に容れられた者にひどい仕打ちをし、体系的に暴力を加えた。捕虜の多くに繰り返し、不必要で、規律を守らせるためのまともな域を大幅に超えた――平手やこぶし、棒、鞘に入った剣、その他の物体で殴る、長靴を履いた足で蹴る等の――罰を与え、被害者が繰り返し消耗し、意識を失い倒れるように仕向けた。捕虜に十分な飲食糧を与えず、多くの病人や虚弱な者も含め長時間、走らせ、倒れた者にさらに重い罰を与えた。長時間、一本足で立たせた。病人に治療を受けさせなかった。捕虜全員に膝を抱え、支えなしに壁を向いて一日中、不動で座っていることを強要し、多くの捕虜に肉体的・精神的苦しみを与えた。……」

自分たちがどれほどひどい状況に置かれていたかということに気づいたのは、四三年六月三十日に判決が下ったあとのことだった。バタヴィアのチピナン刑務所では私語が許されており、再び互いに大っぴらに話すようになった。監房の屋外からは刑務所の門が見えた。ある日、軍律会議の判決を受けた囚人の一団が入ってくるのを目撃した。うつむき、脚を引きずり、意気消沈した目でどんなところに容れられたのか盗み見る姿はゾンビのようだった。彼らが軍律会議の拘置所に容れられていたのは八ヵ月よりずっと短かったというのに。あのときのことを思い返すと、どうやってあのひどい状況から立ち直ることができたのかわからない。もし死刑を宣告されていたとしても、おそらく我々ははっきり事態を認識することもなく処刑されていたことだろう。

それでも、その数週間前の軍律審判での判決のことを少しは覚えている。裁判官がたしか五人いて、軍服の襟に顔をうずめた裁判長はメガネをかけたカエルのように見えた。本来ならば死刑のところだが、寛大さの表れとして懲役刑のみとする、と彼は告げた。フランス・ベルティングにのみ有期刑で最高刑の懲役十五年が言い渡された。それ以上の刑期は存在しなかった。十五年以上は死刑よりも重刑とみなされていたのだ。日本人の囚人に対する扱いを思えば妥当な見解と言える。

判決に関しては、わたしと手錠で繋がれていたウィム・ワイティングの記憶を頼る。彼はわたしが日本語の判決文を翻訳し、小声で彼に聞かせていたのを覚えていた。ウィム・ワイティングとわたしはどちらも懲役五年の判決を受けた。

5　刑務所での日々

判決の翌日、我々はバスでチピナン刑務所に移送された。塀に囲まれ、何列にも監房の連なる巨大な刑務所で、約六千人の囚人が収容されていた。職員はほぼ全員インドネシア人で、所長と数人の事務職員だけが日本人だった。小さな病棟もあり、はじめて簡単な治療が受けられるようになった。政治犯はほかの犯罪者から隔離されていた。

現在もまだ刑務所として使われているチピナン刑務所は、おそらく十九世紀かそれ以前にオランダが建てた刑務所の一つだった。すべての建物が平屋で、どの監房も――古風な動物園のように――屋根付きの部分と屋根なしの檻から成り立っていた。監房の屋外部には、幅約四メートルの格子状の外壁に取りつけられた格子戸を通って入る。五メートルほどの奥行きで、左右は高さ約二メートル半の漆喰塗りの白い石壁になっていた。天井も檻のように覆われていた。

一方の壁の下には溝があり、監房の前に掘られた排水溝に流れこんでいた。溝の上の壁の高さ約一メートルのところに蛇口がついていた。

扉のついていない入口をくぐると、幅四メートル、奥行き二メートル余の屋根付きの監房があった。簡易便器があり、他の壁面部に高さ約一メートル、幅二メートル弱の石造りの調理台のようなものが据えられていた。これが共有の腰かけ兼ベッドで、ここにおのおの茣蓙《ござ》を敷いて寝るようになっていた。となりの人との距離は近かったが、眠りの妨げになることはなかった。たしか一部屋に六人収容されていたはずだ。雨が降っていなければ一日中、外にいた。

幸いなことに、時間をつぶせる作業もあった。茣蓙を編むのだ。毎朝、一抱えの葦が届けられた。人の丈ほどの長さで、根元は幅四センチほどあり、先が尖っていた。監房ごとに幅の狭い短い木板が二枚おいてあった。木板には約二センチ半の間隔で二本の釘が打たれており、その間に葦をとおして余分な葉を落とし、残った茎で茣蓙を編むのだ。周りの始末をどうしていたかは記憶にない。茣蓙一枚で一セントもらえた。現金支給ではなく帳簿に付けられ、煙草や石鹼、その他の簡単な洗面用具を買えた。外部から現金を調達できさえすれば、看守を買収してなんでも入手できるのだった。

まだ収容されていない女性からの手紙も受け取ることができた。未収容の女性は少なかったが、バンドゥンの憲兵隊と軍律会議からチピナンに移送されてきた四号室のパウル・マルセイユの妻は、ポーランド人であったため自由の身だった。美しく、勇敢な女性で太平洋および欧州での戦争の進展について、定期的に情報を届けてくれた。情報が口頭で監房から監房へと伝えられたおかげで、我々は一年ぶりに世界ではなにが起こっているか知ることができた。

私語が許されるようになり、憲兵隊の留置所では恐怖と緊張から、軍律会議の拘置所では精神・肉体の消耗で感覚が鈍り、すみに押しやられていた記憶がよみがえってきた。女性抑留所に容れられているオランダ人の妻たちや、外国籍または混血であるため過酷な状況でもまだ抑留されていない妻たちの話題でもちきりだった。友情が芽生え、わたしは特にウィム・ワイティング、フランス・ベルティングと仲良くなった。アラン・グルームは軍律会議の拘置所同様、同じ監房ではなかった。二週間もするとフランスが我々三人のリーダーとなった。わたしより二歳、ウィムより四歳年上であるだけでなく、我々よりも人生経験が豊富だったからだ。

長い夜が短く感じるほどに夢中で語り合った話のなかでは、フランスの体験談が最も興味深かった。一九一四年にフリッシンゲンでオランダ海軍の下士官の息子として生まれ、一九二〇年代初頭に海軍基地のあるデン・ヘルダーに引っ越した。小学校に大勢いた漁師の子どもたちから、港と海の上でのあらゆる遊びの手ほどきを受けた。中学二年のときに父の駐屯先のスラバヤに移住すると、学友たちからデン・ヘルダーとはちがう種類の悪さを教わった。スラバヤでも彼はうまく立ち回ることができた。三年後に家族とともにデン・ヘルダーに戻ると、商船学校に入学した。卒業後に八ヵ月、海軍で兵役を務めたあとは、一九三〇年代の不況時にはめったにない幸運によってフローニンガー沿岸航路船の航海士になった。五百トンの、当時にしては大型船だったが、北海やビスケー湾の嵐の中では小船にすぎなかった。船長兼船主はどんな天候でも出航する男との評判だった。悪天候になると舵取りをフランスに任せ、自分は船長室に籠り、讃美歌を歌って安全を祈った。

他の乗組員は機関士（本業は自転車修理工だったがモーターに興味があったという）、ドイツ人水夫（後にドイツ警察に指名手配されていたことがわかる）、ベルギー人コック（ベルギー警察に指名手配されていた）、そしてまだ航海の経験のない二等水夫だった。船長はフランスを気に入っており、彼の美しい娘と結婚させて後継者にしたいと思っていたが、フランスのほうはもっと広い世界が見たかった。沿岸航路船での体験は本が一冊書けるほど豊かなものだった。

約二年後、フランスはインドネシア諸島を管轄とする船便会社（ＫＰＭ）の航海士として雇われた。太平洋戦争への参戦にともなう一九四一年十二月八日のオランダ領東インド軍総動員より先に、彼はすでに海軍に召集されていた。海軍大尉として、スラバヤ沖を航海する軍用・貨物・旅客船をオランダ海軍の敷設した水雷原を避けて先導するのが彼の特別の任務だった。

海軍の知識を絞り取られずに済むよう、日本人に対する名目上はスラバヤの防空局の一員ということになっていた。
フランスの提案で我々三人は流れ作業をすることにした。一人が葦の葉を落とし、一人が茣蓙を編み、三人目が端の処理をするのだ。この方法だと一人で作業するよりずっと効率よく生産できた。我々の出来高が多すぎて監房仲間の羨望を招き、一人が抗議してきたときには、フランスがその男の頭を数回壁に打ちつけ黙らせた。このちょっとした事件以外に監房内で暴力沙汰のあった記憶はない。

いまでも夕食時にたまに思い出すのは、チピナンでの食事の配給のことだ。一日三度で、たいてい量が足りなかった。看守が二人、一号室の前の机にいくつかの鍋（一つきりのこともあった）を並べて立ち、監房が一つずつ開けられ、机に沿って並んで順番に入れてもらうのだ。我々は二号室だったので、いつも早く順番が回ってきた。前後の人のほうがいつでも自分より多くもらっていると感じるものだとわかっていたのが、わたしの強みだった。まさしく、〈隣りの芝生は青い〉のだ。あるとき、米もトウモロコシもなくなり、一週間、昼食に茶色いパンが出たことがあった。当然、チーズもバターもなかったが、大変おいしく感じた。食事を指で食べたり、啜りあげたりすることにはすっかり慣れていた。憲兵隊の拘置所にいたときからナイフ・フォーク・スプーンは存在していなかった。チピナンではじめて自分用のブリキのマグカップが支給された。マグカップは排便時に必要な水を入れるためのものでもあった。尻を水で洗い流すことは、一回やればあたりまえに感じるようになった。同様に、一日に一度はシラミ潰しをすることも習慣となった。コロモジラミはチピナン刑務所にはびこっていたようで、収容された数日後には早くも囚人服（緑色の木綿の半ズボンとTシャツ）の縫い目に見つかった。シラミは指でつまみ、両手の親指の爪で圧し潰す。まち針の頭ほどの大きさだが、噛まれると小さな血の跡が残った。

二ヵ月ほどでわたしの体は深刻なほど痩せ衰えた。歯科医の教育を受けたおかげで一目置かれていたウィムは、腎臓疾患をでっち上げ、わたしを病棟に送りこんでくれた。彼自身が腎臓疾患で病棟に入っていたとき、インドネシア人の医師に歯科医であることを話したのだという。その後すぐ監房から呼び出され、歯痛に苦しんでいた日本人事務員の治療を任された。簡単な歯科医の器具の備わった治療室があり、ウィムは日本人の歯痛を取り除き、詰め物を施した。それ以来、他の囚人の治療もおこなえるようになった。麻酔薬は日本人にだけ使用することになっていたが、ひどい痛みの場合にはウィムがくすねておいた麻酔薬を使って治療してくれた。一週間、病棟で過ごすうち、わたしの体調はぐっとよくなった。だがわたしの右隣にいたパーチェ・ファン・フッテンは、一度も不平をもらすことなく一週間後に亡くなった。医師たちは我々の快復のためできるかぎり手をつくしてくれ、カチャン・イジョという緑豆をたっぷり食べさせてくれた(スプーンで!)。栄養失調から——とりわけ夜に——めまいがすることがあり、そうなると幸福な気持ちになれた。妻と子どものことははっきり思い出せなくなっていた。

とはいえ、この段階における我々は、一九四四〜四五年の冬、オランダ西部で飢餓に苦しんでいた、そしてもっとつらいことに飢餓に苦しむ子どもたちを目の当たりにしていた人々と比べれば、ましな状況にいたと言えるだろう。チピナン刑務所では深刻な病気にかかることも、特別な罰をあたえられることもなく、ときどき栄養のある食糧が得られれば、生き延びることが可能だった。現金を入手できれば看守を買収することもできた。抑留されていない女性が受付をとおして正式に差し入れた食糧が支給されることもたまにあった。

同じ監房にいた者に、ある日、箱入りのみごとなペアーズの石鹼が差し入れられた。いままでも売っている、こげ茶色の半透明の石鹼だ。軽い羨望の念にとらわれつつ、水道のところで嬉しそうに体を洗う様子を見ていると、数秒で石鹼が滑って溝に落ち、誰かが拾う間もなく排水溝に消え去った。人生においてたくさんあった重要な出来事よりも、こんなアクシデントのほうが深く記憶に刻まれているのは不思議なことだ。

外からの情報は、解放の時期が迫っているという希望をあたえてくれる重要なものだった。日本軍は太平洋で苦戦を強いられ、オーストラリア占領は不可能であることが明らかになった。だがアメリカ軍が、マリアナ沖海戦で日本の絶対国防圏を破って勝利を収めるには、まだ多くの攻撃と何万人もの人命を必要とすることを、我々は理解していなかった。

外からの情報はほとんどがパウル・マルセイユのポーランド人の妻、ルシンカ・マルセイユ＝コナルスカによるものだったが、我々には他にも情報源があった。手製のウィジャボードだ。約二十五センチ四方のボール紙にチョークで縦横に線が引かれ、五×五のマスに分けられている。それぞれのマスにはX以外のアルファベットが書かれている。ボードを地面に置き、まわりを取り囲むように四人があぐらを組んで座った。

長さ約五十センチの二本の棒を十字に紐で結び、その端を四人で軽くもった。十字の中心にはボードを指すように短い棒が垂直につけられていた。四人のうちの一人が質問を声に出して言うと、数分後、あるいはもっと早くに棒が動き出す。前後左右、あるいは円を描くように動き、マスの字を指すのだ。その後、また動きはじめて別の字を指す。そのようにして単語と文が作られる。〈会話〉はときに、四人の参加者のなかで集中力を欠いているか、棒を強く握りすぎていて自由に動かせない者を別の誰かに代えてほしいという要望からはじまることもあった。すべての質問は当然、家族や戦争の進展に関するものだった。後者に関しては、のちに振り返ると、正しい情報は一つもなかった。家族に関するものは確認しがたいが、特別、記憶に残っているような答えはない。このコミュニケーションに関しては多くの本が書かれているが、答えがどこから来るのか解明されることはなく、いくらでも仮説を立てることができるだろう。わたしにはっきりわかるのは、これがよい気晴らしになっていたことと、ほぼいつでもよい知らせが聞けて「もしかしたら本当かもしれない」と思えることによって、我々の精神状態によい影響をあたえていた、ということだ。

太平洋戦争における決戦はまだ先のことだった。情勢が決定的に変わるのは一九四四年六月のサイパンの戦いだった。アメリカ軍は十二万八千人の兵士と乗組員を乗せた五百三十五隻の船で攻撃した。二万人の上陸によって六月十五日にはじまった戦いはほぼ一ヵ月つづいた。アメリカ軍兵士三千四百人が死亡、一万三千人が負傷した。攻撃を受けた日本兵三万人のうち、この地獄の戦いを生き延びた者はほとんどいなかった。さらに二万二千人の在留邦人も死亡した。東京および横浜への爆弾投下が可能になったのは、サイパン島や近辺の島々にB29が離着陸できる滑走路ができたからだった。一九四五年八月、広島、長崎への原爆投下の際も、サイパン近くのテニアン島から飛び立った。

我々のチピナン刑務所での日々も終わりに近づいていた。看守を買収できない刑務所というのはほとんど存在しないだろうが、看守と囚人の関係の癒着を防ぐため、定期的に囚人が移送されていた。一九四四年二月半ば、我々は二十人ほどの政治犯とともに、幸いバタヴィアとチピナンよりもずっと涼しいバンドゥンのスカミスキン刑務所に移送された。

記憶に残っているかぎり、我々はもはやわずかな洗面用具以外、個人的な所有物はもっていなかった。粗末な囚人服を着て、素足で二列に並んで門を出て、見張りの横を通りトラックに乗り、駅に向かった。

チピナンを出るときには足の裏がタコで硬くなっていたので、焦げそうに熱いアスファルトの上を歩くことにも堪えられた。移送の途中でインドネシア人に出合い、興味深げに見られたが、敵意は感じられなかった。我々は新たな刑務所がどんなふうか、興味津々だった。ウィム・ワイティングは臨時の歯科医として医療スタッフの一員となっていたので、チピナンに残った。彼は十分な食糧をあてがわれ、健康な体で一九四五年八月の解放を迎えた。自分の特権を利用して、彼はできるかぎり他の囚人を助けようとした。外からの差し入れや看守を買収するお金をもたない者が緊急に補充食を必要としているときには、病状をでっち上げてしばらく病棟に入れるよう、ウィムが最善を尽くした。インドネシア人の刑務所医もそれに協力した。

ウィムと刑務所医の内密の了解により、本物の病人も通常より早く病棟に入ることができた。ウィムには絵の才能と鋭い観察力も備わっていたので、軍律会議の拘置所での後半、我々にひどい仕打ちをした看守たちの顔を解放後にスケッチし、捜索の助けをした。解放後の一年はジャワ島の軍事情報局にも協力していた。

スカミスキン刑務所の入口は物々しい印象だった。二枚扉の門が二つあり、間に六メートルほどの空間がある。入所の際にはまず外側の扉だけが開くので、六メートル以上、進むことはできない。外側の扉が閉じて二つの扉にはさまれると、事務室兼待合室へつづく横のドアからしか行き来できない。そこから日本人の見張りが出てきて、禁じられている物を持ち込んでいないか検査する。その後ようやく内側の扉が開く。数十メートル先に二階建ての巨大な十字型の建物の入口がある。四棟の長さはそれぞれ八十メートル、中央に天井の高い、直径十五メートルのドームのついたホールがある。建物は正方形の外壁に囲まれ、四隅は監房の外廊下の先端から数メートルの延長線上にあった。外壁の内側は数ヵ所あった作業場の奥の壁になっていた。仕立、鍛冶、製紙の作業場があったと記憶しているが、わたし自身が働くことはなかった。外廊下沿いに調理場と病棟もあった。この刑務所で食べていたものの記憶は一切、抜け落ちているが、野外での作業員として得られた食糧の記憶はある。作業場沿いに高さ五十センチ、幅一メートル半ほどの、柵のない外廊下がついていた。作業場は日本人を頭に、インドネシア人の職員の監視下にあった。余分な食糧を調達することができれば——それほど困難なことではなかった——スカミスキンで生き残ることは可能だった。ただし病棟に入ることがなければの話だ。インドネシア人の医師は我々を嫌っていたにちがいない。病棟から快復して出てきた者はいなかったからだ。

オランダ統治時代には一つの監房に一人が収監されていたが、我々は三人一組で収容された。それによって千人以上の囚人の収容が可能だった。壁の一方に一人用の、もう片方に二段の、金属製の簡易寝台が備え付けてあった。到着時に誰と同室になるか選ぶことができ、わたしはフランス・ベルティィングと家庭医のコーニング医師と組んだ。終業後には監房に入らず十字型の建物内で過ごす時間がたっぷりとあった。十分な所持金があり、家族か友人が近くに住んでいる者はときどき一晩、外泊することもできた。

最も羽振りのよかったスティベ、ファーンドリング、マルセイユの三人は監房内で簡単な調理道具を用いて料理もしていた。日曜日には一日の大半、監房のドアが開放されており、これまで運命をともにしてきた仲間以外と話す機会が得られた。オランダ領東インドの法務部により何年も前に詐欺罪で懲役となった会計士や、軍律会議や民間の裁判所で判決を受けたばかりの新たな囚人などがいた。後者の一人がある日、わたしの姿をそこで見ていかに嬉しく思っているか、話してくれた。スラバヤの鉄道で日本人の通訳をしないか打診された話を人づてに聞き、わたしが敵国の味方だと思っていたが、そうではないことがわかったからだ。

作業場のほかにアヒル小屋もあったようだ。毎日、約三十羽のアヒルの行列が囚人一人、看守一人に連れられ二重扉を出ていった。

刑務所の敷地は五十ヘクタールほどで、周りには鉄条網が張り巡らされていたが、簡単に飛び越えることができた。敷地は平坦で、耕されていなかった。灌木が生い茂り、雑草が生え、低い丘のようになっているところもあった。ところどころにトゲのついた野生のホウレンソウも生えており、食べることができた。

壁の外でインドネシア人看守の監視のもと、集団で畑仕事をする囚人たちもいた。まず雑草を取り除き、ざっと平坦にならして掘り起こし、野菜を植える。すべては鍬などを使った手作業だ。野菜はわたしが作業をしていたときにはまだほとんど収穫できなかった。

スカミスキンに来て数週間後、わたしは埋葬班に割り当てられた。数百人いたオランダ人は同胞の誰かが亡くなったとき、自分たちで埋葬することになっていたのだ。一日平均一人か二人の死者が出た。埋葬班は白人、オランダ人、および蘭印人、合計六人で成り立っていた。

ジャワ島に生まれ育った青年の一人が食べられる草を教えてくれた。さらに彼は数日に一度、ノネズミが穴から出てきたときを狙って棒で叩き殺した。一度は小さなヘビを捕まえたこともあった。枯れ枝で火をおこし、皮を剝いできれいにしたノネズミを焼くのもたいてい彼だった。鍋で茹でた野菜といっしょに食べると絶品だった。六人で分けるとわずかではあったが、貧しい刑務所の食事のすばらしい補いとなった。都会の人間はネズミと聞くとドブネズミを思い浮かべて身震いするが、植物の種やその他の自然の餌を食べて育つノネズミのもも肉はまったく汚い感じがしなかった。分け与えられたヘビの切り身もとてもおいしかった。畑仕事班が一度、曰くありげに出してきた、最高においしい肉は、日本人の所長の飼い犬だった。嫌な犬だったが、我々の栄養となってくれた。食べ物があってもなくても、刑務所の外でコーヒーを毎日淹れた。囚人である聖職者が埋葬に付き添う場合には、彼にもコーヒーをふるまった。竹で編んだ担架を運ぶ二人の男たちにもだ。埋葬の仕事にはすぐに慣れた。朝、二重扉を出る前に、六人のうちの誰かが何人死者が出たかを事務所で尋ねた。たいていは一人で、たまに二人だった。

簡単な調理道具をどこで調達したかは記憶にないが、おそらく製鉄作業場からインドネシア人の監視の目を盗んで持ち帰ったのだろう。そこで作業をしていたアラン・グルームは、細長い鋼鉄の板を火打石とカウールという植物を入れた革製の小袋に固定して、わたしにライターを作ってくれた。カウールは引火性の高い植物繊維で、火打石と鋼鉄で火花を散らすと燃える。タバコは自分で手巻き紙かライスペーパーで巻いた。ライスペーパーで巻くと、このいわゆるクレテックタバコに独特の香りと匂いがついた。タバコやその他のぜいたく品の入手には二つのルートがあった。一つは看守の買収で、もう一つは――こちらのほうが安くついた――近隣の村へ買い出しにいくことだった。刑務所の周囲が背の低い鉄条網というずさんさのおかげで、抜け出して村に行くのは簡単だった。体調がよく身軽で、密かに持ち込んだ所持金があるのが条件だったが、わたしはこの条件をギリギリ満たしている状態だったので、自分で村に行ったのは一度きりだった。病気で行けなかった熟練者の代わりに、看守の目をくすねて鉄条網を越え、小川まで走った。腰まで水に浸かって百メートルほど川を渡り、さらに数分歩くと村に着いた。買ったもの――主に米、卵、バナナ、タバコ――はカゴやカバン、小さなバケツなどに入れる。就業時間のあと（六時ごろ）であれば、日用の簡単な調理道具と布で中身がしっかり隠れるようにした。持ち手に長い棒を通して前後に一人ずつ立ち、戦利品を刑務所に持ち帰った。刑務所に着き、二重扉を通るのは緊張の一瞬だった。

たいてい検査は見逃してもらえたが、自分の属する監房と看守の間に買収関係が結ばれていない場合や、日本人の見張りが突然、躍起になって自らの義務を遂行しようとした場合は問題となった。せっかくの戦利品を没収されるし、殴られもした。

鉄条網の垣根のところで看守に見つかると、独房に容れられるか鞭打ち、あるいはその両方だった。トウで十回、背中を打たれると血の跡が残った。看守がインドネシア人であれば買収することができた。パウル・マルセイユは一度、鉄条網のところで五、六十メートルの距離から銃を持った看守に見つかり、止まるよう命じられ、一目散に逃げて助かったことがあった。別のときには見つかってつかまり、独房と鞭打ちの刑となった。逃亡に成功したときには買収するに十分の所持金があったのだが、状況を考えると使うのはもったいないと判断したのだ。彼は驚くほど勇敢でタフだった。

スカミスキンではチピナンより自由に行動できたし、看守の融通も利いた。チピナン刑務所でも食糧の入手に協力していたが、パウル、ウィム・スティベ、ヘールト・ファーンドリングの三人組がガッチリと団結したのはスカミスキンでのことだった。三人の中ではパウルが最も勇敢で、物理的に困難な状況への対処に長けていた。他の二人は戦前の取引上のつきあいを利用していつでも現金を調達できた。食糧も飲料も十分、足りていて、自分たちの監房で定期的に料理をしていた。他の囚人たちにも分け与えていたが、残念ながらわたしが恩恵にあずかることはなかった。だがフランス・ベルティングとわたしも、健康状態をなんとか保つために十分な食糧を作業中に調達することができていた。ほとんどの囚人にとってスカミスキンでの生活はチピナンのように息苦しくはなかった。それぞれするべき作業があったし、就業時間以外にも監房のドアはたいてい遅くまで開いていた。建物の中央、大きなドームの下の十字路は賑わっていた。オランダ人に好意的だったアンボン人の政治犯がよくそこに集い、石の床に座ってアンボンの歌を歌っていた。その中の一曲、〈サバール（忍耐）〉はいまでも出だしを覚えているが、聴くたびに涙が頬をつたったものだ。

屋外作業用に帽子をもっている者はほとんどいなかったし、頭は定期的に刈られていた。帽子を被らずに太陽の下にいるのは命に関わる危険なことだと教育されていたのだが、実際にはそんなことはなかった。ただ一時、赤痢にかかり、埋葬班の仕事を休まざるをえなくなった。病棟に行っても治って出てくることはできないので、わたしは日中、作業場の前の外廊下の、なるべくトイレに近い場所で休んでいた。それまで話したことのなかった中国系の囚人が漢方薬の入手に手を貸してくれ、数日で症状が治まった。また班員とともに外に出られるようになり、大いに安堵した。埋葬は完全に日課となっていた。シャベルで本物の墓掘人顔負けの深い穴を掘る作業は交替でおこなったので、それほど大変ではなかった。蘭印人の班長は我々をうまく使って働かせた。

班長自身が作業をすることは通常なかったが、たとえ激しい雨が降ろうと、彼はいつでも現場にいた。作業をしながら考えるのは人生や死についてではなく、コーヒーを飲める休憩時間について、あるいはその日、外でなにか食べられるか、ということだった。我々は板きれで差しかけ屋根をつくり、雨天でも作業後にそこで料理ができるようにした。その日、誰が埋葬されるかには興味がなかった。監房仲間だったコーニング医師はあるとき、あまりにも体調を崩したため、病棟に連れていかれた。病棟から生還した者がほとんどいないことを知っていた彼は、板床にしがみついて抵抗した。我々はたいてい埋葬する死者を知っていたが、それがコーニング医師であったときも、他の死者とおなじく悲しみを感じることはなかった。だが一つだけ、細部まで記憶している埋葬がある。オランダ人の父とインドネシア人の母を持つ若者の埋葬だ。スカミスキン近郊に住んでいた両親は、彼が病気であったことも、亡くなったことも知らされていた。家族は、例外的に埋葬に立ち会うことを許された。

六〜七人の家族が墓前まで進んでゆき、持ってきた花を墓に落とす様子をいまでも鮮やかに思い出す。それを見て、わたしはにわかに愕然とした。はじめて、自分がなにをしているかわかったのだ。すべての死者の遺族が、最愛の者に二度と会えないと知ったら、どんなに悲しむだろう。まだ泣くことができたなら、あのとき、泣いていたはずだ。墓には十字もなければ石で印がつけられることもなく、ましてや死者の名前が記されることもなかった。そんなふうに悲しみを感じたのはその一度きりだった。その後はまた毎日、日課となった作業をして、コーヒーを飲み、なにか余分に食べられるものはないかと考えていた。

　コーニング医師の死後、新たな囚人が監房に仲間入りしたかどうかはもはや記憶にない。フランスは何年も前に亡くなったので、彼に尋ねることもできない。スカミスキンでわたしがなんとか暮らしている間に、フランスのほうは仕立て班で自らの地位を確立していた。仕立て班では大袋で届けられる灰緑色の布で、日本軍の軍手を作っていた。ワンサイズだったので一組の軍手を作るのに必要な布は決まっていた。良質の綿は貴重品で高価だったので、届く布とできる軍手の数は厳重にチェックされていた。班長は日本人だったが、毎日の作業の責任者はインドネシア人だった。仕立て班に入れられて数ヵ月たったとき、フランスは事務も任されるようになった。帳簿を引き継いですぐに、布が一袋、足りないことが明らかになった。インドネシア人の責任者の仕業だったが、最終的な責任は日本人の会計官にあった。数字が合っていないことを知らされた会計官は震えあがったが、フランスはすでに誰も処罰されずに済む解決策を考え出していた。

　軍手一つあたり一センチ少ない布を用いれば、数週間で盗まれた分を取り戻すことができる。見事な解決策で、どこからもクレームはつかなかった。日本軍は軍手が少しきついことよりもっと大きな問題に直面していたのだ。この解決策によってフランスの地位は不動のものとなり、日本人の会計官を容易にゆすることができた。班長はすっかり権限を失い、当然フランスはそこに付け込んだ。帳尻がふたたび合ったときが、フランスのチャンスだった。軍手を一センチ短いままで製作し、布が余るようにしたのだ。インドネシア人の監督は経験上、刑務所外のどこで売ることができるか知っていたが、それによって現金を手にするのはフランスだった。彼はそれで――やはり監督を買収して――病人のための薬を入手した。病棟で医師が薬を出すことはほとんどなかった。患者をきちんと診ることもなく、病棟を生きて出られる者がなかったところ、医師を介さずに薬を入手できることになったのだ。フランスの策略は何人かの命を救ったし、のちには感動的な話となった。だが、もしこの不正が明るみに出ていたとしたら……そう思うと恐ろしい。おそらくフランスは文字どおり、首を斬られていたことだろう。とても危険な行為だった。彼ほど〈抵抗の星〉受勲にふさわしい者はいなかった。

スカミスキンでの九ヵ月ののち、最後の刑務所に移送されるときにはフランスの名はリストに入っていなかった。仕立て班での存在が大きくなりすぎていたため、残されることになったのだ。スティベ、ファーンドリング、マルセイユの三人組、アラン・グルームはともに移送された。グルームは三人組の助けもあり、健康状態を保っていた。

三百人の囚人がアンバラワの刑務所に移送されたのは、一九四五年一月だったはずだ。我々を待ち受けていたのはスカミスキンよりおそらく百年も前に建てられたであろう刑務所だった。

出発前にボディチェックを受け、ブリキのマグカップ以外、過去半年にわたり大切に使っていたすべての小さな道具を没収された。最もショックだったのは、アラン・グルームがわたしのために作ってくれたライターを失ったことだ。直接役立っていたからという以外に、このライターが戦後、刑務所での日々を振り返る記念の品になるだろうと何度も思っていたからだった。

列車での移動の前後にはアスファルトの道をえんえん歩かされたことをよく覚えている。刑務所に着くと、インドネシア人の監督が演劇調の節回しで、我々の誰一人、生きてここを出ることはないと明言した。その場に日本人がいたかどうかは記憶にない。いたとしたら目立たないようにしていたのだろう。ここでも日々の指揮を執るのはインドネシア人の職員、そしてその任務を授かった囚人だった。無期懲役で服役中のインドネシア人が好んで用いられた。監房での点呼のみ日本人がおこなった。朝の洗面とその後の前庭での体操も日本人が指揮を執った。作業時に監督だったマドラ人に、殺人を犯して無期懲役になったのか尋ねると、見下すような顔で、自分は七人殺したのだと言った。アマチュアの殺し屋とまちがえられては心外なのが明らかだった。

新たな刑務所に着くと、ふたたびボディチェックを受けた。今回は半ズボンとTシャツを脱いで自分の前の地面に置き、徹底的に調べられた。指を広げて腕を宙に挙げ、尻に隠した物まで見えるよう脚を広げて立ち、一人ずつ、前後からチェックされた。わたしの知るかぎり、ここで紙幣の持ち込みに成功したのはパウル・マルセイユだけだった。小さく折りたたんだ百ギルダー札を右手の親指と人差し指の間のひだに隠したのだ。その後、配給所で新たな囚人服――同じく半ズボンとTシャツ――をあてがわれ、どっしりとした石造りの建物に入った。階段を上がると右側に監房のドアの並んだ長い廊下に出た。監房内はかなり広く、四×五メートルほどあった。ドアの向かいにガラスの入っていない格子窓が二つあった。十二～十五人のさまざまな人種の者がごちゃ混ぜに容れられた。全員で監房を出入りする際にはかならず廊下に二列にしゃがんで並び、点呼を受けた。食事は監房外で一日三度、量は少なく内容も悪かった。正午前後に灼熱の太陽を刈られた頭に浴びつつ、生煮えのトウモロコシを食べた。百～百二十粒……何粒あるか、よく数えたものだ。医師はいなかったはずだ。病棟からはほんとうに誰一人、生還しなかった。余分な食糧を調達できなければ生き残ることはできなかった。

一日は六時の点呼ではじまり、下の階にある、馬の水飲み場のような場所へ行く。ここが沐浴の間で、インドネシアの習慣に従い鉢や椀で桶から水をすくい、自分にかけて体を洗った。部屋の中央の細長い桶に水が流れており、両側から汲むことができた。最初に衣服をフックにかけ、沐浴後は体を拭かずに服を着た。濡れた服で外に出ると、山間部だったので早朝の寒さ（摂氏六度くらいであっただろう）が身にこたえた。たまに沐浴しないで済ませようとしたが、看守が見張っているのでうまくいかなかった。その後は前庭で長い列に並び、体操をさせられた。体のためだと繰り返し言われたものだ。我々三百人が到着したときにはすでに百〜二百人の囚人が収容されていた。つまり極寒の一月の朝に四、五百人が並んで、日本語で八まで数えながら体操をしていたことになる。体操が終わると外で朝食の時間となった。なにを食べていたのかは思い出せない。朝食後は作業場に移動した。それ以前の数世紀、オランダで織物を織っていたような木製の機織り機が何列も並んでいた。

機織り機は母の出身地、トゥウェンテ地方を思い出させた。祖父のパルテは十九世紀後半、二人のきょうだいとともに新たな技術を取り入れた織物業の先駆者だった。当時の祖父でもこんな旧式の機織り機は使っていなかっただろう。わたしがここで機織りをすることになったのが、祖父が労働者に過酷な機織りを強いていたことへの神からの罰だと思う必要はなかったが、さりとてわたしの苦しみが軽減されるわけではなかった。機織り用の糸は繊維が荒く、作業中のホコリがひどかった。腰かけに座り、二本の踏み木を交互に踏むことによって経糸の位置を変え、その都度、木の糸巻きから緯糸を組み込んでいく作業を体が動かなくなるまでえんえんと繰り返した。歩き回っている監督にちょっと休憩しているのを見つかると、怒鳴られ、棒で殴られた。ある日、作業場をあとにするとき、監督が部屋の隅にある小さなケージで飼われていた鳥にエサをやっているのを見かけて驚いた。悪の化身のように思っていた男に、たとえ鳥にであろうと思いやりの心があるとは思えなかったのだ。だがある日、ケージは空になっていた。監督が食べてしまったのだった。

一日十メートルの織物を織るのがノルマで、達成できなければ棒で無慈悲に殴られた。余分な食糧が得られなければ、わたしの体はあと二週間、もつかもたないかという状況だった。アンバラワ到着時に挨拶した監督の言っていたことは正しかったのだ。外部からの助けがなければ、ここでは生き残ることはできない。朝の体操のときには何列にも並んだ囚人たちが日に日にやせ衰えていくのが目に見えてわかった。一月に移送された三百人のうち八月半ばに生き残っていたのは百人ほどで、その多くがようやく生きながらえている状態だった。

わたしはアラン・グルームを介してのわずかな助けで命をつないでいた。ファーンドリング、スティベ、マルセイユの三人組が彼と同盟を結んだのだ。彼らがアランをいま助け、解放後にアランが彼らをできるかぎり援助するという取り決めだった。パウルが持ち込んだ百ギルダーですぐに外部との接触が可能となり、数日後には食糧が届けられた。なにも知らなかったわたしはなぜアランがときどき自分の百粒のトウモロコシをわたしに譲ってくれ、それでも健康状態を保っているのかがわからなかった。わたしが織物十メートルのノルマをこなせなかったとき、アランが助けてくれたこともあった。〈クラブ〉の一員として作業場で優位な立場にいた彼の役目は、ほうきで通路をそうじすることだった。午後、わたしがその日のノルマを果たせないことがわかると、アランが機織り機の前に座り、さっと数メートル織ってくれた。わたしの衰弱を止めることはできなかったものの、アランはたしかにわたしの命をギリギリのところで救ってくれた。

五〇年代に彼がイギリスで墜落死したとき、彼の妻が連絡をくれなかったことをわたしは長年許せなかった。戦後、我々はたがいの家を訪ね合い、泊まり合う仲となった。わたしにとってのアランは救世主だったが、彼の妻にとってのわたしは、何度か会ったことがあり、家にも泊まりにきたことのある何人かのオランダ人のうちの一人にすぎなかったのだ。わたしはそのことに傷ついたのだが、あとになって当時の自分を思い返し、深く恥じ入った。

アンバラワの記憶は幸いなことにあまりない。覚えているのは到着時に憎しみに満ちた挨拶があったこと、前庭で朝の体操をする囚人の数が目に見えて減っていったこと、廊下でえんえんと点呼が繰り返され、最後にはしゃがんだ姿勢から立ち上がるのもままならなかったことくらいだ。前庭で殴り合いがあり、当事者が二階の病棟に運ばれ、数時間後に亡くなったこともかすかに覚えている。パウルと賭けをしたことによって、自分の命がもう長くはないと認識したことも記憶に残っている。はっきりと思い出せないのは、抑留を免れた女性たちが日本軍降伏の何ヵ月も前から食糧の入ったカゴを受付に届け、直接的に助けてくれていたことだ。大勢で分けなければならなかったはずだが、それでも栄養の足しにはなった。この助けもわたしが生きながらえるために大変重要なものだった。パウルは解放からほぼ一年経ったとき、オランダでわたしにこう話した。三人組は日本軍降伏の前に、食糧を定期的に分け与える囚人仲間のリストを作っていた。実施前のリストの見直しで、彼らはわたしの名前を除外することに決めたのだそうだ。余分な食糧を与えたところで、終戦まで生き延びる可能性はないと判断したためだ。幽霊のように見えたことだろう。それでもわたしは最後の数週間にパウルと終戦の時期について賭けをするほど頭はしっかりとしていた。自分が負けることはありえない、と思っていた。わたしは〈八月一日以前〉に賭け、パウルが〈八月一日以降〉に賭けた。自分が八月一日まで生きている可能性はないと確信していたので、どの道、払わずに済むもくろみだった。パウルのほうでもわたしが死ぬものと予想していたのだから、見せかけの賭けにすぎなかった。それでも彼は、わたしが千ギルダーをもってハーグに彼を訪ねたとき、軽い抵抗ののち、受け取ることを拒まなかった。千ギルダーは当時のわたしの所持金の半分だった。

一九四五年八月二十日、日本の降伏から五日後、ナンシーがわたしを迎えにきた。わたしはまったく無感動だった。戦争終結はそれまで一度も見たことのなかった日本人将校から知らされた。我々は毎朝、体操をさせられた前庭に全員集合していた。百五十人ほどに人数が減っていた。将校が宣言を読み上げ、それで終わりだった。囚人たちがぶつぶつ呟く声が聞こえたが、誰も歓声を上げる者はいなかった。その翌日、三人のヨーロッパ人——オランダ人であったと思う——が飾り帯をつけ、本館の向かいの二重扉を通って入場してきたときには歓声が沸き起こった。なにが起こっているのか、皆が格子窓に見にいき、その後、歓声に包まれたことを覚えている。わたし自身はまったく関心がなかったこともはっきりと記憶している。自分の座っていたところにそのまま座りつづけ、これから起こることに身を任せていた。数日後、予想外の驚きが待ち受けていた。アンバラワで解放された囚人のなかで一番最初に監房から刑務所の入口に連れていかれると、ナンシーが日本軍の運転手付きの車で迎えにきていたのだ。事務室で返却された私服を、わたしはその場で着用した。

6　女性抑留所と別れ

ナンシーはスマランに二ヵ所あった女性抑留所の一つで通訳として日本軍に大いに貢献していたため、わたしを他の囚人より早く迎えにくることができたのだ。日本の降伏後、日本軍武装解除の指揮を執り、オランダ領東インドの統治を引き継いだのはイギリス軍だった。抑留所の日本軍による監視はイギリス軍の命令で引き続きおこなわれた。オランダ人の脱走を防ぐことから、抑留者の安全を守ることに目的が変わっていた。インドネシアの若者たちのオランダ人に対する反感が高まり、暴力事件が増えていた。抑留所や刑務所から勝手に出ていかれては困る状況でもあった。オランダ人の住居は接収され、日本人将校とインドネシア人の軍属が住んでいたので、突然のオランダ人の帰還は大きな混乱を招いたはずだ。きちんと整備されていない満員の列車に乗って、ぶじ家に戻ることができたとすればの話だったが。

刑務所を出ると、車はスマランのホテルに向かった。三年の月日を経たあとのようやくの再会……最後には食べ物以外のことはほとんど考えられなかったものの、三年間、待ちわびていた瞬間が訪れたのだ。テーブルいっぱいにご馳走が並び、椅子に座って驚くほど豪華な食事にありついたことを漠然と覚えている。大きな寝室のやわらかなベッドを蚊帳が覆っていた。電灯が消えるやいなやわたしはベッドを抜け出し、手探りでドアを出て、廊下と階段をとおってホテルの厨房に向かった。冷蔵庫を開けると、皿に盛られた大きな魚の揚げ物が入っていた。十分後、魚は骨だけになっていた。ベッドに戻ったわたしはすぐさま眠りに落ちた。

翌日、ナンシーはわたしを女性抑留所に連れていった。骸骨のようになったわたしとの再会のショックから立ち直れない彼女は、数日後、わたしの世話をヨーケ・ブルハーハウトに任せることにした。ヨーケは飛行士の夫をもつ同僚と、四人の子どもたちとともに、スマランのもう一つの女性抑留所に住んでいた。女性抑留所は二ヵ所とも、村落にあった。村の住民を追い払ったあと、まわりを塀で囲み、武装した警備員が見張りについていた。彼女も友だちも、わたしが年末まで生き延びられないと予想していたと何年ものちに当人から聞いたが、わたし自身はそのときにはもう自分が死ぬとは思わなくなっていた。他の抑留所への引っ越しはわたしにとって大きな改善だった。自転車小屋に大型トランクを二つ並べ、マットレスを敷き、自分のスペースを確保できた。ナンシーがなぜわたしの世話ができないのかがよくわからなかった。自分では最悪の事態はすでに乗り越えたものと思っていた。刑務所を出る一週間前からすでに、外部から受付にいままでより多くの食糧が届けられるようになっていたので、普通食を消化しきれず吐き気を催す時期は過ぎていた。女性抑留所で二週間ほど過ごしたとき、肋膜炎にかかってひどい痛みに苦しみ、車で聖エリザベス病院に連れていかれた。スマラン郊外、チャンディの丘の上にある病院は、一九一六年にわたしが生まれた場所だった。ここでわたしが結核を患っていることも明らかになったが、幸い、感染性ではなかった。

退院の前日、チャンディの生家に行ってみようと思い立った。病院は容易に抜け出すことができた。患者は全員、屋根付きの外廊下沿いの部屋に寝かされていた。部屋にはドアはなく、カーテンで仕切られている程度だった。一つの外廊下がオランダ人専用で、他の外廊下では日本人か、イギリス占領軍の一員だったシーク教徒と相部屋にされた。日本兵の集団が外廊下脇の芝生に座ってラジオの日本語放送を聞いていたのを覚えている。軍の撤退に関することだったのか、皆が興奮していた。わたしは服を着て外廊下を歩き本館に向かい、出口に止めてあった多くの自転車から一台を選んだ。当時はそんなふうだったのだ。自転車を押してなんとか丘のてっぺんまで上がったが、それ以上は進めなかった。そこからはまだかつての家は見えなかったが、景色はすばらしかった。わたしは名状しがたい特別な感情を抱いていた。病院まで戻ってもまだ元気だったので、連合国の救援組織から配給された服――麻の靴、ハイソックス、カーキ色の半ズボン、シャツ、下着――を着た姿で、歩いてスマランを散策することにした。

インドネシア人の間で不穏な空気が流れていることをまったく知らなかったわたしは、竹槍や棒を手にした十代半ばの不良少年たちが十人ほど、威嚇するようにこちらに向かって来たときには不意をつかれてうろたえた。思い上がったオランダ人をこらしめてやるからついて来い、と叫んでいた。インドネシア語で〈ペムダ〉と呼ばれる若者たちで、放課後に集団で街中あるいは住居に押し入ってオランダ人に暴行を加えていた。学校教育で日本の指導にのっとり、オランダ人に対する反感を吹き込まれていたのだ。人種主義的要素もあったが、根深いものではなかった。日本の降伏後、指揮を執ることになったイギリス兵たちは解放者として歓迎された。三年余りつづいた日本の統治で、ほとんどのインドネシア人はアジアの同胞にうんざりしていたのだ。

新たな部隊が到着するまでに数ヵ月かかるので、イギリス軍は日本軍にそれまでどおり秩序を維持するよう命じた。だが独立運動の中枢が熱狂的な若者たちの圧力でインドネシア共和国独立宣言をおこなうと、イギリスはそれを認め、日本軍にいくつかの集結地点に撤退するよう要請した。日本軍は大量の兵器を残して撤退し、スカルノとハッタを指導者とする共和国政府は国民にラジオ放送でオランダを敵国とみなすよう、呼びかけた。それによって、ベルシャップ（「独立に備えよ」の意）と呼ばれる暴力に塗り込められた独立戦争期が到来し、何千人ものオランダ人と、オランダ人に好意的なインドネシア人が（多くは半狂乱の残虐行為により）命を落とした。

十一月にイギリス軍部隊が到着したが、愛国心に燃えるインドネシア人はもはや統治下に戻ることは受け容れず、いくつかの街――特にスラバヤとスマラン――で流血の戦いが引きおこされた。

すでに述べたように、わたしはこの動向をまったく知らずにいたのだが、若者たちがオランダ人であるわたしに危害を加えようとしているのは明らかだった。ここはオランダ人でないふりをするしかないととっさに判断したわたしは手を挙げて、一団のリーダーに「君たち、いったいどうしたんだい？」とはっきりした英語で声をかけた。リーダーは「ユー、イングリッシュ？」と言い、わたしを見逃してくれた。イギリス人はインドネシア人に好意的で独立運動も認めていたので、好感をもたれていたのだ。わたしは最後にもう一度、すんでのところで死を免れた。

そのころ、何百人ものオランダ人がこのように捕まり、暴力を受け、刑務所に容れられた。

すでに衰弱しきっていた多くの者が命を落とした。衰弱したわたしがイギリス兵に見えるはずはなかったが、若者たちの知性のなさに救われた。この事件のあと、わたしは二度と、女性抑留所を出る勇気をもたなかった。

街中での危険にもかかわらず、抑留所に〈ハームセン、フェルウェイ&ダンロップ社〉の支店長が訪ねてきてくれた。スラバヤ支店でわたしの上司だったメンシング氏だ。優れた人格者で抑留生活中も健康を保っていたメンシング氏は、日本の降伏後すぐに社員を訪ね、いくらかお金を与えてくれた。それによってヨーケと彼女の友人に生活費を渡すことができたし、オランダの両親への土産を買うこともできた。乗船の数日前、十リットル入りのコーヒー豆を二缶買った。八年間も東洋に滞在すればコーヒー豆よりもっと上等なものを土産にできるものと思っていたが、ハーグの両親は大変喜んでくれた。服以外に所持品はなかった。スラバヤの会社の倉庫に保管してあった日本の美しい芸術作品は盗まれていた。

ヨーケと友人のデン・ホランダー嬢はすぐに化粧道具を調達し、新しい服がなくても小奇麗でほがらかにしていた。陽気な女友だちとその子どもたちの存在によって、四五年十一月末までオランダへの引き揚げ船を待つのはさほど苦痛ではなかった。混乱のさなかにしてはそれでも早いほうだったことはあとで知った。引き揚げに使える船が不足しており、旅客機の運航はまだ軌道に乗っていなかった。結核を患っていたわたしは病院船に造りかえられた旅客船〈オラニエ丸〉に乗船でき、個室まであてがわれた。巨大なスクリューの真上にあったので、部屋が静かでベッドが揺れないのは停泊時のみだった。港以外でも夜間にしばらく停泊することがあった。死体を海に葬るためだった。

オラニエ丸には病人以外に付き添いの家族も数百人、乗っており、そのなかにはナンシーとジャッキーも含まれていた。乗船までの数ヵ月、我々は一切、連絡を取り合っておらず、なるべく早く離婚するつもりだったが、書類上はまだ夫婦だったので、ナンシーも無事、ヨーロッパに戻れることになったのだ。船上ではほぼ毎日、顔を合わせた。金髪の巻き毛のかわいい娘もいっしょだったので、深刻な会話をすることはなかった。いずれにせよ、ナンシーもわたしも深刻な会話をしたいとは思っていなかった。

スエズ運河北端のポートサイドの中央あたりで船が一日、停泊し、無一文で引き揚げる乗客が冬服を選べるよう、大きな倉庫に連れていかれた。すべて無料のオーバー、スーツ、下着、ソックス……おそらく靴もあったはずだ。オランダ到着は十二月半ばの予定だった。数週間後に到着すると、冬服が必要だった訳が分かった。一九四五〜四六年の冬は二十世紀で最も寒い冬の一つだった。ポートサイドを出港してほぼ一週間後、サウサンプトンに上陸した。旅客だけでなく荷物もともに下ろされた。イギリス海峡に水雷の危険があったので、オラニエ丸よりも破損しても問題のない古い旅客船に乗り換えねばならなかったのだ。サウサンプトンの埠頭には出迎えの人々の姿があった。わたしは叔父のテオ・ユーケスの姿を見つけ、驚いた。叔父は若い医師として第二次大戦のずっと以前に妻とともにロンドンに渡り、大きな私立の専門医院を立ち上げていたのだ。叔父の温かな心のほかに記憶に残っているのは何カートンものイギリス製タバコだ。イギリス人にはまだ配給制だったが、旅客はいくらでも買うことができた。わたしには叔父がプレゼントしてくれた。

7　こだま

思い出すことができないのは、イギリスに残ったナンシーとジャッキーとの別れだ。刑務所から解放されたあとわたしたちの関係が壊れてしまったことへのショックが、精神の回復とともに大きくなり、別れの記憶を封じ込めてしまったのだろう。海峡を一昼夜かけて横断し、冬の真っ暗な朝にアイマウデン水門に到着、数時間後にはアムステルダムに帰港した。埠頭に王立軍楽隊が盛装で並び、オランダの伝統的な大衆音楽で我々を歓迎した。極寒の早朝に第一級の軍楽隊に迎えられたのは感動的だった。すぐには家に帰してもらえず、三日間、アムステルダム近郊の会議場に隔離されることになったが、楽団のおかげで気分は上々だった。会議場で登録し、医学的な検査を受け、まだ配給制だった食糧や衣料の配給切符を受け取った。温かな風呂がどんなに気持ちよかったか、よく覚えている。何週間も船に乗っていたため、お湯がゆっくりと揺れているように感じられたことも。会議場に着いてすぐ、ハーグの両親に電話をかけたときには電話番号をしっかりと覚えていた。

船旅の間、口ヒゲを生やしていたのだが、口ヒゲを好まない両親への敬意から到着の前日、剃り落とした。いつからだったか、前歯を一本、欠いていたが、それも両親には見せたくなかった。嬉しいことに近所の歯科医が二日以内に差し歯を入れてくれることになった。おそらく歯根が残っていたのだろう。治療費は一切、受け取ろうとしなかった。いよいよこの長い家路の最終区間に差しかかった。ドイツの占領から解放されて半年後で、車はまだほとんどなかったが、電話で約束していたとおり、両親と同じ通りに住む友人の美しい娘アネ＝マリー・スホーが、心地よく暖房のきいた車で迎えにきてくれた。道は空いており、一時間以内で実家に到着した。玄関を開けたのは——きちんと整えた口ヒゲを生やした——一番下の弟テオだった。

両親との再会は、戦前の習慣からあまり感情をあらわにすることはなかったものの、やはり感動的だった。父はあまりにも容体が悪く見え、一年はもたないだろうと思われた。

政治家の父はナチスへの抵抗者としてスケベニンゲンの刑務所〈オラニエ・ホテル〉と呼ばれていた）、シントミヒールスヘステルの人質抑留所、ブーヘンヴァルト強制収容所にそれぞれ一年ずつ収容され、衰弱しきっていた。特にブーヘンヴァルトが彼を消耗させた。まだ六十だったが、八十の老人のように見えた。
一九四五年末のオランダでは、燃料などほぼすべての生活用品がまだ不足していたので、暖房費節約のため、日中は一階の一間のみで過ごした。長年の刑務所暮らしと病院船の簡素な個室で過ごしたあとには、その部屋は家具で溢れ返っているように見えた。思い出深い家具に囲まれていると穏やかな気持ちになった。

わたしの結核は感染性ではなかったので、実家に戻って暮らすことに問題はなかった。友人でもあった家庭医は、気分がよければ起きてもいいが、疲労感のひどいときには寝ているように、と忠告した。一九四六年の秋からはスイスのダボスにあるオランダ人向けの療養所に入所できるよう手配してくれた。帰国からしばらくあいだをあけたのは、長年の刑務所暮らしのあと、すぐにまた一年間も閉じ込められるのは——たとえどんなに手厚い看護を受けるのであっても——堪えられないだろう、との判断からだった。家族のみならず親戚や友人たちとも感動的な再会を果たし、オランダ本国でナチスの占領時にどうであったか、東インドで日本軍の占領時にどうであったか、体験談を話し合うと、戦中戦後、そして引き揚げ船においても自分がどれだけ情報から隔絶していたかがようやくはっきりと理解できた。生き残った人たちから親戚や友人、知人の家はすべて無事だったと聞き、大変驚いた。ただし東インドで財を成したブルーセ・ファン・フルーナウ家のルーネンにある大きな別荘は、ドイツ軍の本部として接収されていたため、降伏の直前に爆撃され、廃墟となったという。カーフやブラセムでは戦時中も人々がヨットに乗っていたし、イギリスは戦争被害も大きく、ロンドンと他の都市への爆撃で多くの市民が命を落としたが、それでも人々はスポーツやパーティーをつづけていた。アメリカでは——当時のわたしはそう理解していた——市民の生活にはなんの影響もなかったようだ。わたしが何年もの間、不幸のどん底にいたときに、皆はふつうに暮らしていたのだ。その不遇感がだいぶおさまってきたとき、わたしはひどい鬱に陥った。信頼を置いていた家庭医に注射で死なせてくれるよう頼んだほどだった。もはや生きていることに堪えられず、将来になんの希望も見出せなかった。両親の手厚い看護を受け、家庭医が医学的にできることはすべてしてくれていたというのに。そんな恵まれた環境で生きる気力を失い、再会を喜ぶ周りの人の気持ちを損なってまでも死のうとしていたとは、よほどの絶望だったのだ。

そんななか、暗闇の中に射す一筋の光としていつまでも記憶に残っているのが、大好きだったパルテ家の従妹イェッティと彼女のイギリス人の友人の訪問だ。九年ぶりにわたしがオランダに戻ってきたと聞いたイェッティは、極寒にもかかわらずすぐに訪ねてきてくれた。電車はほとんど走っておらず、暖房も効いていなかった。割れた窓はまだ板で塞がれたままだった。

だが幸いなことに、イェッティとともにドイツ国境付近の彼女の実家に宿泊していたイギリス人の友人が、丸一日、イギリス人の運転手付きのイギリス製ジープを調達してくれた。ハーグを見てみたいと彼女は言った。

一九四六年一月、身を切るような寒さの朝十一時、静かな通りに車が入ってくると家の前で停まり、エンジンを切る音が聞こえた。具合が悪く、起き上がれずにいたが、部屋には小さなガスストーブがあり、クッションを重ねて背もたれにすれば、十分客人と話すことはできた。車の音から数分後にイェッティが部屋に入ってきた。再会を喜びあい抱擁しあったあと、わたしはようやく窓のところにもう一人が立っていることに気がついた。肩まで伸びた明るい色の金髪に、めずらしく茶色の目をした美しいイギリス人女性だった。すぐに打ち解けて、わたしの旅と帰還、ロンドン大空襲、トゥウェンテ地方、戦前の日々、家族などについて、三人でひとしきり話をした。イギリス人女性は大変朗らかだったが、実はわたしの部屋を出て階段を下りはじめたとたん泣き出してしまったのだそうだ。こちらはふつうに話をしているつもりでも、他人が見ると悲しげな印象だったようだ――少なくとも彼女にはそう映ったらしい。それからの五年間に何度も会って話をし、我々は結婚することになった。バカンスやその他の行事に関してはたいてい彼女が主導権を握ってくれた。一九五四年に生まれた愛娘モニックの教育に関してもそうだった。

ダボス療養所は安らかで広々とした、雪山の景色の美しい、天国のような場所だった。食事も当時のオランダに比べてずっと充実していた。最初は一人、のちに二人の理知的な患者と相部屋で交流することによって、出口のない絶望感から抜け出すことができた。アラン・グルームが勧めてくれたペルマン式記憶術も通信教育で受講した。現在もまだ存在しているようだが、このコースが集中力と自信の回復に大いに役立ったと確信している。

だが療養所暮らしから約三年後、経済省に勤めていたときに、まだ刑務所でのトラウマを克服しきれてはいなかったことが明らかになった。経済省の国際関係局長官のもとで働いていたわたしは、他のヨーロッパ諸国と貿易協定を結ぶため、交渉団の一員として定期的に出張していた。あるとき、イギリス、アメリカ、フランスの連合国に統治されていた西ドイツとの交渉でフランクフルトに行った。経済省はモダンで巨大な、かつてのI・G・ファルベンの本社にあった。天気のよい朝、我々十人は、印象深い幅広の階段を上がり、二重の回転扉を通った。すると、ドアの両サイドに、武装した日本兵が立っていたのだ。わたしは卒倒しそうになった。すぐに彼らが占領軍の日系アメリカ人兵士であることがわかったものの、その朝はもはや仕事に集中できなかった。

混乱状態に陥るのに必ずしも日本人を必要としないことは、一九五九年に推薦を受けてある職務に応募した際、明らかになった。選考過程で筆記試験を受けたのだが、極度の緊張状態に陥ってすっかりしくじってしまったのだ。いまでも思い出すと、いたたまれない気持ちになる。

街中やホテル、店などで日本人を見かけても落ち着いていられるようになるには、数十年を要した。恐怖心がなくなったことをはじめて自覚して驚いたのは、日本の降伏から三十五年余たった一九八〇年十月のことだった。妻とわたしはデンマークの友人宅に滞在していた。ある日、友人に連れられオーデンセに行き、アンデルセン博物館訪問のあと、十七世紀の中庭につくられた趣のあるレストランで昼食を取った。我々が立ち上がる直前に日本人の夫婦が二人の子どもを連れて中庭に入ってきたのだが、わたしはまったく動揺しなかった。いまではどこで日本人に出合っても、オランダでの滞在が楽しくなるように、と声をかけるようになった。戦前の日本での暮らしがどれほど楽しいものだったかも話している。

日本語はほぼ完全に忘れてしまったので、英語でだけれど。

それでもなお記憶が突然、潜在意識からよみがえってくることもあった。一九九六年の夏に妻と娘、娘婿、三歳だった孫とともに、当時、娘一家の住んでいたウィーンの中華料理店にいたときのこと。最初に出てきた湯気をたてる白飯の皿を見たわたしの頬を涙がつたって落ちた。まったく予想もしなかったことで、昔のことを考えていたわけでもなかった。自分でも訳がわからなかったが、娘がすぐに慰めにきてくれたとき、どういうことかが理解できた。五十一年間――二度と体験せずに済んでありがたい、という以外――思い出すことのなかった飢餓の記憶がよみがえってきたのだ。

何十年もの年月ののちに体験談をまとめることができたのは、一九五一年の再婚以来、妻が常にわたしを支えてくれたおかげだ。結婚生活には当然、困難な時代もあったが、そのときも妻の支えは変わらなかった。妻は一度もインドネシアに行ったことがなく、戦時中は生まれ故郷のロンドンに住んでおり、抑留生活を体験したこともなかった。それゆえ、我々には共通の記憶によっていつまでも占領時代のことを考えつづけてしまう危険がなかった。悪夢を見ることもわたしにはなかった。狭い空間に大勢が押し込められているというような、刑務所時代を暗示する夢はあったが、実際の体験がそのまま夢に現れることはなかった。繰り返し見る夢としては、一九七九年に集中力の欠如から早期退職したことのほうが、ずっと長くわたしを苦しめた。その何年か前から就労時間を減らし、週四日前後の勤務にしていたが、細事にこだわり仕事の全容がつかめなくなり、素早い対処ができなくなっていた。会議で自分が発言する番になっても、恐怖心から言葉が発せないことがあった。責任のある仕事も避けるようになっていた。勤めていた最後の数年は妻に大きな負担となっていたにちがいない。わたしはもはや働きつづけることができなかった。早期退職が法制化されていなかった時代で、当時のわたしは人生における大失態のように感じていたが、好意的で寛大に取り計らってもらえたことに、いまでも感謝の気持ちを抱いている。

あとがき

本書に記載されているデータのほとんどは公式の資料とさまざまな個人による戦後の宣誓供述書にもとづいている。確認を取ることができなかったのはおのおのの刑務所の監房の正確な大きさだ。建物自体に関してはかなり正確な記憶がある。スカミスキン刑務所は見取り図も手元にある。建物の外の敷地の広さには大きな誤差があるかもしれない。軍律会議の拘置所で毎日、休憩していた空地の広さも記憶ちがいの可能性がある。刑務所間の移動時間と距離の正確さも保証はできない。それでも、わたしの話の核心の信憑性がそれによって損なわれることはないと信じている。

刑務所時代の過酷な体験にもかかわらず日本人に対する恨みが残らなかったのは、二年半にわたる日本での生活の中で日本と日本人についてよく知ることができたためだ。さらに、わたしが囚人として不快な目に遭ったのは、連合軍のジャワ島奪還のための抵抗運動参加に端を発していたのだから、仕方のないことでもあった。わたしは〈君主と母国のために〉――当時はそう表現した――最善を尽くしていたのであり、それによって生じるあらゆる不快な事柄は代償として受けざるを得なかった。さまざまな点で幸運に恵まれていたおかげで刑務所時代を乗り切ることができたが、たとえそうでなかったとしても日本と日本人に対するわたしの肯定的な感情が、戦中の日本軍の行きすぎた行為によって損なわれることはなかったはずだ。

オーストラリアとの無線交信による我々の諜報活動計画が早々に発見されたのは、不幸中の幸いだった。もっとあとになって発覚し、処罰されていたとしたら、懲役では済まなかったはずだ。そうなっていたとしたら、特殊な状況下でごくふつうの日本人がどんな精神状態に陥るかという刑務所での体験を、こうして語り聞かせることもできなかったろう。

諜報活動が見つからなかったとしても、連合軍にきちんと役立つ情報を提供することができていたかどうかは疑わしい。敵方に囲まれ、味方は少なすぎた。それに日本軍の防諜活動には、素人では歯が立たなかっただろう。

オランダ領東インドの日本占領時代には悲惨な出来事があり、わたし自身、体験を語ることができるわけだが、それでも我々の受けた拷問はほとんどの者にとって、今日までに見聞きする東欧、アフリカ、中東、アジア、南北アメリカにおける残忍な事例とは比較できないものだ。いまの時代、〈洗練された〉と形容される国々においても、秘密警察の取り調べは、決して受けたくないと思う。我々は日本国を脅かす危険分子と見られていたのだから、拷問にかけられるのも当然だった。一般のオランダ人が抑留所に容れられていたこととはまったく状況が異なっていたのだ。我々は日本軍を妨害しようとしていたのであり、逮捕後には無傷で出られないことはよく自覚していた。

我々の集団が物資やインフラに差し迫った脅威を与えるものではないことがすぐに明らかになると、憲兵隊は取り調べで決定的なダメージを与えるのではなく、消耗させるテクニックを用いた。軍律会議に関しては、我々に対する判決が下るまでに八ヵ月もかかった異例の事実を考えると、協議に時間を要したことがうかがわれる。最も重罪に値した人物、フランス・ベルティングは判決の数日前に監房から連れ出され、聴取内容の矛盾を確認するため、特別に取り調べを受けた。ベルティングは重罪にされかねない言いがかりを論破でき、裁判ではそれが重要視された。このことからも我々の問題が真剣に協議され、形式上の裁判ではなかったことがわかる。占領の初期段階、市民を威嚇することが目的だったときには、憲兵隊はいかなる些細な——封印されていないラジオや武器の所持といった——罪でも、我々を死刑に処することができたのだ。

我々が軍律審判にかけられたのは、もっと広範囲な支部活動をともなう謀略が存在すると疑われていたからである。オランダ戦争資料館でイギリスの証拠書類を中心に調べた結果、次のことが明らかになった。日本の憲兵隊は東インド占領以前から、オランダの統治者がシンガポール陥落後、占領軍に対する破壊活動をおこなうため、インドネシア人および蘭印人による情報提供者のネットワークを築いていると決めこんでいた。この観点から見ると、またしても邪悪なオランダ人がインドネシア人と蘭印人を悪用しようとしていた、という図式が成り立つ。オランダ人はどのみち抑留されるから、危険な仕事は彼らに任せるつもりだろうというわけだ。インドネシアの血が濃ければ濃いほど、ネットワークの一員である可能性が高いと見なされた。パーチェ・ファン・フッテンがなぜスラバヤの憲兵隊に最もひどい拷問を受けたかもそれで説明がつく。彼は混血者で、且つ引退した職業軍人だったからだ。

憲兵隊での百日間と軍律会議での八ヵ月間に関しては、わたしが日本語を話せたことと、日本での滞在によって平均的なオランダ人囚人とは日本人に対する考え方が異なっていたことが、大変有利だった。事情聴取の際、自動的におじぎをするだけでも、聴取者を睨みつけ、はじまる前からすでに殴られているオランダ人よりもスムーズに事が運んだ。

フランス・ベルティング、ウィム・ワイティング、アラン・グルームが仲間であったことは幸運だった。わたしがなんとか終戦を迎えることができたのは、彼らがそれぞれの方法で助けてくれたからだ。

広島・長崎への原爆に関しては永遠に議論がつづくであろう。わたし個人にとっては生存ぎりぎりの限界における救済となった。終戦が一週間、遅れていれば、わたしは助からなかっただろう。命を落とし、苦しみを受けた多くの方たちのことを思えば、〈幸運〉という表現はふさわしくはないが、わたし個人の命が救われることになったのは事実だ。

幸運に助けられ、憲兵隊、軍律会議、チピナン、スカミスキン、アンバラワを生きのびたわたしは、そこで体験しなければならなかったあらゆる悲劇から立ち直る過程においても大変幸運だった。日本軍の抑留所および刑務所から病気や栄養失調で生還したほとんどのオランダ人は、人生をやり直すために十分な時間と介護を得られなかった。彼らの体験に理解を示すオランダ社会の下地も整っていなかった。オランダ国民はドイツによる占領のあと、自分たちが立ち直ることで精いっぱいだったからだ。そのため、東インドからの帰還者が立ち直るには長い時間を要したし、立ち直れないままの者もいた。わたしは立ち直るのに必要なすべてを――時間も含めて――得ることのできた少数の人間に属していた。ふたたび働けるようになったのは二年後だったが、一九五〇年にはまた結核が悪化したし、五〇年代には精神科医にもかかっていた。それによって自分が同世代の人と比べて後れを取っており、精神的にも肉体的にももはや追いつけないことを受け容れざるをえなかった。

オランダ領東インド軍（KNIL）の退役軍人である我々にとって許しがたかったのは、オランダ政府が未払いの給料の支払いを拒んだことだ。捕虜となった海軍兵士と空軍兵士、ドイツで捕虜となったオランダ軍兵士全員には支払われていた。一九四九年に統治権がインドネシアに返還された際、KNILは財産・義務もろとも新たな国家インドネシアに譲渡された。一九四九年までの給料支払い要求はすべて、支払う財源がないとの理由でオランダ政府によって却下されていた。インドネシア独立後はインドネシア政府に要求するよう言われたが、当然、支払ってはもらえなかった。オランダ社会における帰還者への無理解に輪をかけるように、政府による公式な拒否は帰還者を苦しめた。東インドですべてを失った上にオランダで新たな生活を築くための資金も得られず、オランダ政府の責任も一切、認められなかったのだ。

身元を引き受け、話を聞いたり、再出発のための資金援助をしてくれる家族や親戚のいない者は大変な困難を味わった。再出発が不可能な者も多く、とりわけ高齢者が苦しむこととなった。戦後何年もたち、両親の助けを受けて再び働けるようになったとき、公けの機関から七千五百ギルダーが支払われた。ないよりはましだが、慰み程度でしかない額だ。その一部は日本からの賠償金であったかもしれない。残りは戦時に抵抗運動をおこなっていた者に特別支払われたオランダ政府の補償金だろう。当時のわたしはオランダ領東インドでの抵抗運動に対するオランダ政府の無関心に怒りを覚えていたため、内訳を確かめる気にもなれなかった。

民間の被抑留者に対する日本の賠償金は一人当たりわずか数百ギルダーだった。日本政府は、これ以上、賠償金を支払えないか、支払う意志がないかのどちらかだった。だが謝罪はできたはずだ。とりわけ従軍慰安婦として働かされた若い女性たちに対して。謝罪がないかぎり、彼女たち、その家族や子孫は日本に恨みを抱きつづけるだろう。それは自分たちにはなんの責任もない過去のために外国人から反感を買ってしまう一般の日本国民に対しても不当であると思う。

先祖を敬うという伝統を守り非を認めないことと、海外での日本の評価を考慮すること——そのどちらが大切であろうか？

日本の方たちにわたしの想いが伝わることを祈りつつ。

訳者あとがき

ウィレム・ユーケス著『よい旅を』（原題 *Door het oog van de naald*, 2012）は、現在九十八歳の著者が、戦前に独身生活を謳歌した神戸での暮らし、その後のオランダ領東インド（蘭印）での日々、日本軍占領下での死と隣り合わせの刑務所での体験、そして戦後、オランダに引き揚げてから心身ともに後遺症に苦しんだ人生について、戦後半世紀以上を経てから執筆された回想録である。

オランダに帰国したころは、結核で体も心も衰弱しきり、毎日涙にくれ、家庭医に注射で死なせてほしいと頼むほどだったが、両親のもとでゆっくりと静養し、人生をやり直すための英気を養う時間がもてたという。反ナチ活動により収容所に送られ、解放後も衰弱のあまり命を危ぶまれた父は幸い快復し、戦後、オランダ政府の社会福祉大臣となった。旧オランダ領東インドからの帰国後、身元を引き受けてくれる家族も親戚もおらず、経済的な後ろ盾もなかった他の多くの引き揚げ者に比べ、自分がいかに恵まれた環境にいたかは、時間とともにますます明らかになったとユーケス氏は語っている。

社会復帰できるまで快復すると、経済省で海外通商条約の交渉に七年間、たずさわり、その後はアメリカのロイヤル・タイプライター社のオランダ支社、ライデンの印刷所、オランダの保険会社セントラール・ベヘールでそれぞれ社長秘書を務めた。オランダに戻って再婚したイギリス人の妻は二〇一〇年に他界し、いまはハーグのサービスフラット（医療施設付き高級住宅）に一人で暮らしている。近くに住む娘さんが足しげく通い、料理を作ることもあるが、数週間、彼女が海外旅行で留守にしても問題ないそうだ。

はじめて電話でお話ししたときには若々しくて力強い声におどろいた。ご自宅にうかがうと、「ここのお年寄りと話していても病気の話ばかりで面白くない。わたしはいまでも車を運転したり電動車椅子でスーパーに買い物に行ったりするのがとても楽しいんだ。二十二歳くらいの気分なんだよ」と言って、近くのバス停まで歩くというわたしを車で送ってくださった。

オランダ語の原題を直訳すると「針の穴をとおって」。「金持ちが神の国に入るよりも、らくだが針の穴を通る方がまだ易しい」（マルコによる福音書）という聖書の言葉に由来し、〈九死に一生を得る〉〈一命を取り留める〉という意味として用いられる。オランダ領東インドの日本軍刑務所で精神・肉体の限界まで追いつめられ、戦後はインドネシアの独立運動のなかの混乱で命を危うくした経験にもとづくタイトルだが、聖書になじみのない日本の読者には伝わりにくいため、出版社の提案で『よい旅を』という邦題とした。長い時間を経て、戦時の過酷な記憶を乗り越え、オランダを旅行する日本人に出合うたびに声をかけるようになったというエピソードに由来することを著者に伝えると、「日本の出版社がわたしにそう言葉をかけてくれているようにも感じる」とおっしゃった。個人の経験にもとづくひとつひとつの証言の大切さを本書に認め、刊行を快諾してくださった編集者の須貝利恵子さんには心から感謝している。

カレル・ヴァン・ウォルフレン氏にお話をいただき、日本での出版の橋渡しをさせていただいたわたしは、ライデン大学に留学してから二十七年近いオランダでの暮らしのなか、通訳の仕事や日常のオランダ人とのつきあいをとおして、何度も日本軍抑留所での過酷な話を聞き、いつか自分なりに伝える仕事がしたいと思っていた。個人的には日本人であるというだけで責められるような経験は一度もなく、冷静に話をしてくださる方ばかりであったことも、その思いを強くした。

同じアパートの住人のおじいさんがゴミの収集日に突然、ゴミ袋を「イチ、ニ、サン……」と数えてみせたのは、わたしたちが引っ越してきて三年も経ってからのことだった。抑留所にいたことを知らせる、なんと遠回しなアピールだったろう。それを機会に当時の話を聞かせてもらうようになり、元被抑留者の手記の翻訳で疑問点を教えてもらったこともある。在蘭の日本人の方々のなかには、長年、日本人とオランダ人、インドネシア人の対話の会をされている方や、先日朝日新聞でも紹介された日本人の父を知らない蘭印生まれのオランダ人の父親探しに携わる方もいる（「父を捜して　オランダ日系２世の戦後69年」二〇一四年六月一〜三日、朝日新聞）。それぞれの尽力に敬意を抱くとともに、翻訳という自分なりのアプローチで、この回想録を紹介させてもらえることを嬉しく思う。

翻訳をすすめていくなか、気にかかったことがある。刑務所の看守に、東インドを日本軍が占領したことをどう思うか尋ねられ、「〈家〉を盗んだ侵入者」に例えている箇所だ。当時のオランダ人にとっては東インドがオランダの一部であるのは自明なことだったので、日本に盗られたと感じるのは理解できるが、いま読むと、その植民地主義に違和感を覚えずにはいられない。ユーケス氏と率直に話し合ったところ、現在の考えを後記として補足してくださった。

また賠償金をめぐっても、オランダ戦争資料館と日本の外務省の資料を照合して、著者との相談のうえ、より正確な記述をめざした。その他のいかなる細部においても、さまざまな質問に丁寧に応えてくださったことに感謝する。被害者という立場を超え、相対化して他者を理解しようとする姿勢を見習いたいと思う。

訳文について密にやりとりをしている間に、歴史を専攻する大学二年の息子も〈インタビュー〉という課題で、ユーケス氏に話を伺うことになった。一時間という事前の約束にもかかわらず、熱心に語ってくださるあまり、実際のインタビューは三時間にもおよんだという。翌朝いただいたお電話で、「クッキーをありがとう。きみの息子にひどい目に合わされたよ」と朗らかにおっしゃる声から、疲労困憊させられながらも喜んでくださったことが伝わってきた。

息子によるインタビューの録画のさいごにユーケス氏はこう語っていた。「人は環境によってつくられるものだ。我々を苦しめた日本の看守たちが獣であったわけではない。それが彼らに課された役割だったのだ。彼らに対する過酷な教練の話を聞いた。堪えられずに自殺をした兵士もいたという。そんな環境にいたから彼らはああならざるをえなかったのだ。わたしだって、妻と子どもがいて食べるものがなかったら、パンを盗むよ。それは当然のことだ。いまの裕福なカタールで、サッカー場建設で過酷な労働を強いられている人たち……まるで奴隷のようだ。いつの時代も人間は変わらない。貧しく弱い者が犠牲となる。だからこそ、公正な教育が必要だ。そして、きちんと食べ物がいきわたるよう貧困をなくしていけば、世界はもっとよくなるはずだ」

百歳近いいまもなお、世界の現状に目を向け、考えつづけることをやめず、若者が訪ねていっても熱心に相手をする——そんなユーケス氏の姿を日本の読者の方々に感じていただくことができれば幸いだ。

長山さき

二〇一四年六月、アムステルダムにて

The translator worked on this project at the Flemish Translators' House in Antwerp.

よい旅《たび》を

著 者
ウィレム・ユーケス
訳 者
長山さき
発 行
2014年7月30日

発行者 佐藤隆信
発行所 株式会社新潮社
〒162-8711 東京都新宿区矢来町71
電話 編集部 03-3266-5411
読者係 03-3266-5111
http://www.shinchosha.co.jp

印刷所
株式会社精興社
製本所
大口製本印刷株式会社

乱丁・落丁本は、ご面倒ですが小社読者係宛お送り下さい。
送料小社負担にてお取替えいたします。
価格はカバーに表示してあります。

ISBN978-4-10-506771-7 C0098